日记背后的历史

百年战争记事

让娜的日记（1418年）

〔法〕布里吉特·科朋 著 周春悦 译

人民文学出版社
PEOPLE'S LITERATURE PUBLISHING HOUSE

著作权合同登记号　图字 01-2019-0630

Pendant La Guerre de Cent Ans
© Gallimard Jeunesse，2005

图书在版编目(CIP)数据

百年战争记事：让娜的日记／(法)科朋著；
周春悦译.—北京：人民文学出版社，2016(2023.3 重印)
(日记背后的历史)
ISBN 978-7-02-011644-7

Ⅰ.①百…　Ⅱ.①科…　②周…　Ⅲ.①儿童文学-
中篇小说-法国-现代　Ⅳ.①I565.84

中国版本图书馆 CIP 数据核字(2016)第 095794 号

责任编辑：朱卫净　王雪纯
装帧设计：李　佳

出版发行　人民文学出版社
社　　址　北京市朝内大街 166 号
邮政编码　100705

印　　刷　山东新华印务有限公司
经　　销　全国新华书店等

开　　本　850 毫米×1168 毫米　1/32
印　　张　5.5
字　　数　77 千字
版　　次　2016 年 6 月北京第 1 版
印　　次　2023 年 3 月第 2 次印刷

书　　号　978-7-02-011644-7
定　　价　39.80 元

如有印装质量问题，请与本社图书销售中心调换。电话：010－65233595

序

老少咸宜，多多益善

——读《日记背后的历史》丛书有感

钱理群

这是一套"童书"；但在我的感觉里，这又不止是童书，因为我这七十多岁的老爷爷就读得津津有味，不亦乐乎。这两天我在读"丛书"中的两本《王室的逃亡》和《法老的探险家》时，就有一种既熟悉又陌生的奇异感觉。作品所写的法国大革命，是我在中学、大学读书时就知道的，埃及的法老也是早有耳闻；但这一次阅读却由抽象空洞的"知识"变成了似乎是亲历的具体"感受"：我仿佛和法国的外省女孩露易丝一起挤在巴黎小酒店里，听那些平日谁也不注意的老爹、小伙、姑娘慷慨激昂地议论国事，"眼里闪着奇怪的光芒"，举杯高喊："现在的国王不能再随心所欲地把人关进大牢里去了，这个时代结束了！"齐声狂歌："啊，一切都会好的，会好的，会好的……"我的心都要跳出来了！我又突然置身于3500年前的神奇的"彭特之地"，和出身平民的法老的伴侣、十岁男孩米内迈斯一块儿，突然遭遇珍禽怪兽，紧张得屏住了呼吸……这样的似真似假的生命体验实在太棒了！本来，自由穿越时间隧道，和远古、异域的人神交，这是人的天然本性，是不受年龄限制的；这套童书充分满足了人性的这一精神欲求，就做到了老少咸宜。在我看来，这就是其魅力所在。

而且它还提供了一种阅读方式：建议家长——爷爷、奶奶、爸爸、妈妈们，自己先读书，读出意思、味道，再和孩子一起阅读，交流。这样的两代人、三代人的"共读"，不仅是引导孩子读书的最佳途径，而且还营造了全家人围绕书进行心灵对话的最好环境和氛围。这样的共读，长期坚持下来，成为习惯，变成家庭生活方式，就自然形成了"精神家园"。这对孩子的健全成长，以至家长自身的精神健康，家庭的和睦，都是至关重要的。——这或许是出版这一套及其他类似的童书的更深层次的意义所在。

我也就由此想到了与童书的写作、翻译和出版相关的一些问题。

所谓"童书"，顾名思义，就是给儿童阅读的书。这里，就有两个问题：一是如何认识"儿童"，二是我们需要怎样的"童书"。

首先要自问：我们真的懂得儿童了吗？这是近一百年前"五四"那一代人鲁迅、周作人他们就提出过的问题。他们批评成年人不是把孩子看成是"缩小的成人"（鲁迅：《我们现在怎样做父亲》），就是视之为"小猫、小狗"，不承认"儿童在生理上心理上，虽然和大人有点不同，但他仍是完全的个人，有他自己的内外两面的生活。儿童期的十几年的生活，一面固然是成人生活的预备，但一面也自有独立的意义和价值"（周作人：《儿童的文学》）。

正因为不认识、不承认儿童作为"完全的个人"的生理、心理上的"独立性"，我们在儿童教育，包括童书的编写上，就经常犯两个错误：一是把成年人的思想、阅读习惯强加于儿童，完全不顾他们的精神需求与接受能力，进行成年人的说教；二是无视儿童精神需求的丰富性与向上性，低估儿童的智力水平，一味"装小"，卖弄"幼稚"。这样的或拔高，或矮化，都会倒了孩子阅读的胃口，这就是许多孩子不爱上学，不喜欢读所谓"童书"的重要原因：在孩子们看来，这都是"大人们的童书"，与他们无关，是自己不需要、无兴趣的。

那么，我们是不是又可以"一切以儿童的兴趣"为转移呢？这里，也有两个问题。一是把儿童的兴趣看得过分狭窄，在一些老师和童书的作者、出版者眼里，儿童就是喜欢童话，魔幻小说，把童书限制在几种文类、有数题材上，结果是作茧自缚。其二，我们不能把对儿童独立性的尊重简单地变成"儿童中心主义"，而忽视了成年人的"引导"作用，放弃"教育"的责任——当然，这样的教育和引导，又必须从儿童自身的特点出发，尊重与发挥儿童的自主性。就以这一套讲述历史文化的丛书《日记背后的历史》而言，尽管如前所说，它从根本上是符合人性本身的精神需求的，但这样的需求，在儿童那里，却未必是自发的兴趣，而必须有引导。历史教育应该是孩子们的素质教育不可缺失的部分，我们需要这样的让孩子走近历史、开阔视野的人文历史知识方面的读物。而这套书编写的最大特点，是通过一个个少年的日记让小读者亲历一个历史事件发生的前后，引导小读者进入历史名人的生活——如《王室的逃亡》里的法国大革命和路易十六国王、王后；《法老的探险家》里的彭特之地的探险和国王图特摩斯，连小主人翁米内迈斯也是实有的历史人物。每本书讲述的都是"日记背后的历史"，日记和故事是虚构的，但故事发生的历史背景和史实细节却是真实的，这样的文学与历史的结合，故事真实感与历史真实性的结合，是极有创造性的。它巧妙地将引导孩子进入历史的教育目的与孩子的兴趣、可接受性结合起来，儿童读者自会通过这样的讲述世界历史的文学故事，从小就获得一种历史感和世界视野，这就为孩子一生的成长奠定了一个坚实、阔大的基础，在全球化的时代，这是一个人的不可或缺的精神素质，其意义与影响是深远的。我们如果因为这样的教育似乎与应试无关，而加以忽略，那将是短见的。

这又涉及一个问题：我们需要怎样的童书？前不久读到儿童文学评论家刘绪源先生的一篇文章，他提出要将"商业童书"与"儿童文学中的顶尖艺术品"作一个区分（《中国童书真的"大胜"了吗？》，载2013年12月13日《文汇读书周报》），这是有道理的。或许还有一种"应试童书"。这里不准备对这三类童书作价值评价，但可以肯定的是，在中国当下社会与教育体制下，它们都有存在的必要，也就是说，如同整个社会文化应该是多元的，童书同样应该是多元的，以满足儿童与社会的多样需求。但我想要强调的是，鉴于许多人都把应试童书和商业童书看作是童书的全部，今天提出艺术品童书的意义，为其呼吁与鼓吹，是必要与及时的。这背后是有一个理念的：一切要着眼于孩子一生的长远、全面、健康的发展。

因此，我要说，《日记背后的历史》这样的历史文化丛书，多多益善！

2013年2月15—16日

莱桑德利，3月23日

　　我一个字接一个字地写，全神贯注，只是手在微微地颤抖。

　　今天晚上接待我的这家人住在一座漂亮的房子里，客厅的窗户被分隔成一块块玻璃方格。我进来的时候，男主人正在伏案写作。女仆把我推到壁炉前面，脱掉我的大衣，帮我烘干。啊，温暖的感觉真好！经过那一场风雨和惊恐，此刻我不禁流泪了。男主人再次召唤女仆，让她给我端来一杯热牛奶。

　　"这些满街乱窜的人真是没脑子。"他冷静地说，"英国人有什么好怕的呢？勃艮第公爵的士兵肯定会保护我们的！你看着吧，停战协议很快就要签订了。到时候你就能回家了。"

他的声音让人安心。我感觉好多了，仿佛老早就认识了他一样。我不知道自己哪儿来的勇气：马上要和他握手的时候，我问他我可不可以写日记。

他惊奇地看着我，那意思好像是："怎么可能，一个像你这样的小女孩难道还会写字不成？"

我语气坚定地补充道："我父亲是卢维埃呢绒店的老板。母亲让我接受了良好的教育。"

我可没提妈妈不会写字的事。至于爸爸呢，为了维持小店的经营，也就经常翻翻会计账簿。

老爷爷招手示意我过来坐下。我很怕他会站在我身后看我写字。还好没有！他坐在远远的地方，让我一个人清静。

我的手不再颤抖了。爬格子给了我力量。由于远离亲人，我急需把心中的秘密通过纸笔宣泄出来。我的爸爸妈妈啊，为什么你们要留在家里呢？为什么你们非要我离开呢？虽然我知道，英国国王亨利的军队正在一点一点地侵占诺曼底。就像去年那讨厌的坏疽慢慢吞噬掉奶奶的一整条腿一样。但是也许事情没那么严重，因为这家的男主人看起来并不对此担忧。

我发现他几次抬起头来看我。天色似乎渐渐变暗了。我一定是写了好久了。我得停笔了，人家对我那么好，我可不能得寸进尺。

晚饭后

假如有可能的话，我恨不得一直写下去，直到这场该死的战争结束再停笔。万一我遭遇不测，但愿父母能找到我的这本回忆录。希望会有人把这个本子交给他们。他们姓勒图尔纳，爸爸叫托马斯，妈妈叫玛丽，家住卢维埃城圣雅克教堂旁。我们家的店很气派，店门上方的牌子是一只金绵羊的样子。

而我，名叫让娜。我是圣马丁节那天出生的。今年是公元1418年。查理六世当政已经38年了，法兰西王国满目疮痍。

妈妈经常给我讲述那些野蛮的英国士兵的种种恶行，他们如何强入民宅，如何抢夺财物和珠宝，如何掳掠羊只甚至少女。英国国王和法国国王的战争在她很小的时候就已经开始了。至于她所在村子遭难的具体情形，我并不是很清楚，因为那一切已经超过了我的想象。所以妈妈不惜一切代价地保护我，希望让我远离战争，远离卢维埃，因为我们的城市马上就要成为英军的下一个目标。可她自己却留了下来！她不忍离开爸爸，因为爸爸无法抛下他的店铺和那些羊毛毯。这份小事业就像是他们的命根子。由于我是他们唯一的孩子，他们老是跟我说，总有一天商店将由我来继承。我倒觉得他们是想选个呢绒商做乘龙快婿，然后让他来继承吧！我才14岁，在谈婚论嫁之前，还有好多东西要学呢。再说我可不想和一个跟爸爸一样只知道整天埋头算账的男人生活在一起。

再说如今战争再次爆发，谈论婚嫁就更不合时宜了。今天早晨，妈妈把我托付给了我们的邻居阿弗内尔夫妇，他们一家即将逃往蓬图瓦兹。我并不喜欢这家人，显然他们对我也没好感，但因为爸爸以前常借钱给他们的缘故，他们不得不同意带上我。接下来整整一天我就和阿弗内尔家的孩子们挤在一辆小马车里，垫在我屁股下面的包裹里装着阿弗内尔先生的皮革制品和修鞋工具，一路上坐得我十分难受。我就这样来到了莱桑德利，这座漂亮房子的主人为我们敞开了大门。我猜想，阿弗内尔一家应该已经在马厩上面的阁楼里安顿好准备过夜了。那我呢？没人告诉我。我得去问问看。这样我就不会梦到家里那张软绵绵的床了。一想到这儿，泪水再一次涌上了我的眼眶。

3月24日，清晨

　　昨天晚上我和女仆妮科莱特一起睡在厨房的侧室里。在上床之前，我把钱和妈妈的戒指藏了起来，还把昨天写的那几页纸卷起来塞进长笛套里。为了回报赐予我们食物和居所的女主人，今天我们要为迎接复活节大搞一次卫生。要做的事还真不少呢：拍去地毯和床垫上的灰，晒被子，烧掉破旧的草席，把铜锅擦得锃亮……有那么几个时刻，我仿佛感觉自己回到了家，正忙着做家务呢。在那几天特别忙乱的时候，妈妈总是习惯性每隔一小时就抬头仰望天空，不停念道："上帝保佑不要变天下雨啊！保佑天黑之前床单可以干！"

妈妈啊，虽然你有时候挺烦人的，可是和你在一起的日子，是多么美好啊！

3月25日，圣星期五

今天，我们要在天气最好的时候去教堂，而不用为等消息而心急如焚了。昨天我累坏了，今天终于可以休息一下了。和妮科莱特一起搓洗了四十多件衬衫之后，我浑身都散架了！

3月26日

形势已经坏到了极点。一些人号召大家回家，另一些人则坚信英国人随时就到，谁逃跑谁就会被杀头。女人们暗自垂泪，男人们争论不休。而我，则在努力不让自己陷入恐慌。我等会儿要去帮妮科莱特叠衣服，然后去采花。一束漂亮的花能让人心情愉悦。今天晚上要举行复活节守夜活动，明天斋戒期就结束了。还好，至少有这么一个好消息。我再也不想整天吃熏咸鲱鱼和不抹黄油的面包了！我们又可以享受蜜汁蜂窝饼、杏仁蛋糕，以及所有之前四十天碰都没碰过的美味了。

3月27日，星期日，复活节

收留我们的这家人真会享受啊！复活节的晚宴真是太丰盛了，我们品尝了馅饼，各种奶酪，还有烤的小山羊里脊肉。

女主人给我们添了好几次食物。她还说："吃吧，好好吃！哪怕亲人不在身边，每个人都要好好享受。"

晚餐过后，女主人又命人端来了果仁夹心糖，里面是甜甜的糖渍橙，吃起来又粘手又粘牙，真是好玩儿！想要保持优雅的吃相完全不可能。男主人给我倒了一杯肉桂滋补酒，气味芬芳，入口却有点辛辣，我小心翼翼地品咂，因为在我们家，这酒我连碰都不能碰呢。酒足饭饱之后，所有的来宾都情绪高涨。阿弗内尔先生拿出了他的列贝克琴，我吹起了长笛。我还与妮科莱特共舞了一曲。虽然明天也许会是悲伤的一天，但至少此刻，大家的脸上堆满了笑容。

3月28日

阿弗内尔一家决定明天再次上路，我会跟他们一起走。其他往鲁昂方向去的人提出要带上我，我不知该如何回答。阿弗内尔先生一口拒绝，因为听说英国人很快就要攻城了。

"当你举棋不定的时候，"妈妈曾这么跟我说，"就去巴黎吧！在巴黎，你总不至于被饿死。英国国王再厉害，也绝对不敢攻打我们的首都。上帝决不会允许这样的事发生！"

妈妈总是相信上帝不会允许她最害怕的事发生。而且她也总不愿承认她常常判断失误。事实上，就在三年前，她那全知全能的上帝让英国国王在阿金库尔战场大获全胜！

3月29日，离别前

今天天气晴好。女主人先帮我洗了头发，然后我把它们编成辫子，再扎成发髻，最后塞进一个网状发兜里，这样可以避免在路上粘灰。为了感谢她的接待，我把之前在圣米歇尔山买的朝圣牌送给了她。她紧紧地把我抱在怀里。

"愿上帝保佑你！"

我的视线模糊了。我和妈妈分离的时候，她说了一模一样的话。

男主人送了我一沓信纸和一瓶密封的墨水。这份珍贵的礼物能帮我战胜孤独。以后的日子会是什么样呢？我连今晚睡在哪儿都不知道。

3月30日

阿弗内尔夫妇真令人讨厌，他们老是吵个不停，阿弗内尔先生嘴里骂出的那些粗话，我都不敢写出来。他为了早点到达蓬图瓦兹，铆足了劲想多走个一两古里①路，但他老婆一直在苦苦哀求他停下来。我们为了不把拉车的骡子压垮，不得不下车跟着走，但即使是这样，可怜的骡子还是累得筋疲力尽。在维农，我们穿过了塞纳河。桥上挤满了逃难的人。我们徒步过了桥，而阿弗内尔先生还在过桥税征收处排队。我趁空买了一块面包和一小块黄油，在陡峭的河岸上，我们边吃边看着过往的船只。只见一位农妇，牵着一头奶牛和它的小牛犊，坐在摆渡人的小船上沿河而下。当船只在桥拱下穿行的时候，由于此处的水流最为湍急，小牛犊被吓到了。它从船上跳了出去。那老妇人魂都吓飞了，叫道："快，快点，抓住它！哎呀，我一辈子的积蓄啊，要打了水漂了！"

阿弗内尔家的儿子想要跳进水去。

"你不是要为这头不认识的牲畜白白送命吧！"他母亲厉声斥道。

平生头一次，我同意她的话。小牛犊最终还是成功在河岸着陆，渔民们忙把它捉住，直到它的主人赶

---

① 古里，法国路程单位，1古里约合4公里。

到才放手。失而复得，老妇人不禁喜极而泣。

我的手指冻僵了。晚上我们在维农和拉罗什之间的一个小村庄过的夜。今晚接待我们的农民家太小了，当家的女主人只能把一个四面墙壁渗水的食物贮藏室让出来给我们住。

"我一会儿拿个暖手炉给你们。"她许诺道。

可是我什么都没等来。阿弗内尔先生从他们家收购了羔羊皮，晚饭各付各的钱。

我不小心把一个墨水印弄在了裙子上。包裹里还有一身干净衣服，但我不想把它拿出来，会弄脏的。所以明天我还是要穿着这条脏裙子。我又脏又累。好想回家啊！

4月1日

我们终于到了皮埃尔·阿弗内尔的家，他是蓬图瓦兹当地的马具及皮件商。

兄弟俩还真像呢：高大的身形，有点驼背，头发接近红色，在我眼里他俩一样丑。

皮埃尔的妻子喜欢用她的尖嗓子不停地说话，只要她能消停会儿，我做什么都愿意。她没料到我的出现，便尽其所能把我塞进一个货物储藏室。虽然里面很冷，但我可以享受独自一人点上一支蜡烛静静写字的快乐。

我不想继续待在这里了，我想他们也无意留我。整座城市都落入勃艮第人的手里了，他们肆意妄为，打劫商铺，毫无顾忌。我要想个办法去巴黎。我并不是一无所有，有父母给我的那些钱，足够上路了。

4月2日

一辆送货车卸了一车木柴在药店门口，把人行道都堵住了。行人们怨声载道，尤其是一位推着小车的运水工，他的道被挡得严严实实。

从他们的吵闹声中我得知，这位木柴商人每个星期二都会运送圆木和柴捆去巴黎。我走近他，和他攀谈了起来。他问我要三个钱币；我预先支付了一个钱币。下星期二早上8点整，我必须做好一切准备，在圣玛洛教堂大门前等。我希望他不要爽约。

4月3日

　　我们在皮埃尔·阿弗内尔家吃得很差。这顿周日的晚餐，他老婆给我们煮了一锅厚厚的蚕豆泥，佐以一块干硬的火腿，我们大家分着吃。男人们随地吐痰，每每满足地打个饱嗝，然后一次次把碗伸出去添食物。他们的玩笑粗俗不堪。他们居然还敢以"圣母的屁股"起誓！我恨不得马上离开。

4月5日，在罗伯特和他妻子玛歌的家

　　巴黎！我坐在罗伯特的小马车上穿过了圣德尼大门，晚上就睡在他拿给我的一张草席上。由于他的住处只有一间房，全家人都挤在里面，所以我等他们都上床之后才打开墨水瓶，尽量不弄出一点声音。

　　为了更有力地控制难民潮，巴黎市长下令关闭了蒙马特大门，因此我们花了好几个小时才进入城中。

我在琢磨那些身负各种背篓和重物的行人拥有什么样的本事才没被马车轮碾断腿。

"就在上个礼拜,"罗伯特跟我说,"一个男的和他老婆在人群中被挤散了,三天后他才在一个叫'天主旅馆'的流动人员收容所找到她。"

漫长的停滞不前之后,我们居然毫不费劲地穿过了大门:因为罗伯特总是随身带着一张安全通行证,这使得他可以运着木材货物自由来去,所以守门的士官连眼皮都没抬就让他通过了!就这样,我来到了王国的首都,国王和他的宫廷就在这座城里。看起来,这是一座富裕的城市。我从没见过这么多刺绣的宽袖长外套,这么多金色的饰带,这么多蕾丝花边装饰的软帽,而且那质地是如此轻盈,透过帽子都能看得到下面的头发。也许有一天,我也会像他们一样,身着如此华丽的衣饰。会有一位女仆帮我梳妆打扮,我会以仪式行列中的宫廷贵妇为典范,精心地保养自己的皮肤。

我真是个傻瓜,竟然做起了这种白日梦!其实更有可能的结局是,我的双手因缝纫和洗衣而布满皱纹,就像妈妈的那样。不过谁知道上帝为每个人安排了怎样的命运呢，我还是可以先做做梦……当然仅限入睡之前那一小会。

4月6日，正午刚过

就在我去房屋后院上厕所这一会儿的时间，玛歌偷偷翻了我的物品。幸亏厕所太挤没位置！她没想到我居然提前回来了。她恼羞成怒，把我赶出了家门，借口说养我太费钱了。但事实是我之前就提出要给家里买面包，并帮她做家务！我一直跑到圣马丁德尚教堂，找了个角落停下来，检查一下我的行李物品。她没发现妈妈的戒指和那些珍贵的信纸。但她居然拿走了我的钱袋和那条干净的裙子！再返回去跟她索要吗？绝对是白费力气：那个坏女人肯定会站在大街上喊我是小偷，这样的话，我连这仅剩的物品也保不住了。

"在巴黎，你总不至于被饿死。"妈妈曾这么跟我说。晚上，修道院里向贫民免费发放粥食，好像还能留宿。也就是说，我不得不和陌生的穷人以及比玛歌手还快的流浪汉们一起过夜。必须要仔细看好我的物品。明早我身上肯定会有跳蚤。我必须保持镇静。现在还是大白天，天不冷，我早上也吃过东西了。

4月6日，夜幕降临

我本来想要登上圣女修道院，听说那里对待外地人很是慷慨。可是真的好远，我迷路了……当我走到的时候，修道院的门已经关了。

"已经一个空位都没了……难民太多了！"看门的修女一面低声抱怨着，一面把小窗口关上了。

我靠在墙上，再也不能够抑制内心的恐惧，它完全侵占了我的全身：双腿、前胸、喉咙……我仿佛是暴风雨中一棵摇摇欲坠的小树。饿着肚子的我难道要睡在外面吗？在这个满是流浪汉、强盗和穷凶极恶的士兵的城市？也许还没等到天亮，我就会被他们其中的某个一刀结果了性命。我漫无目的地走啊走，一直走到塞纳河边。每走一步，我都感觉路边行人要向我扑来。我是不是应该牺牲掉妈妈的戒指去换一晚不这么凶险的地方过夜呢？我又走到了巴黎圣母院桥边，这里聚集了货币兑换商和所有投机弄钱的人。其中一家不怎么起眼的商店里透出明亮而宁静的烛光。一个男人坐在桌前，面前是一本会计账簿。他的样子让我想起了父亲，我的双手忽然充满了勇气。

我把戒指递给他，用嘶哑的声音问他这值多少钱。

那男人拿一小块玻璃板挨着眼睛，对着戒指仔细地研究了好久。我站在他面前，手中紧紧地攥着一直挂在颈间的圣母像章。

"假如他跟我说这戒指不值一文，我该怎么办呢？"我心中忐忑，不停地胡思乱想。

终于，他把它放在了桌上。

"这件首饰品质很高。给你35苏，我收下它。如果你想赎回，要给我40苏，多出的5个苏是借款的利息。"

我被惊了一跳。还给他高于戒指原本价格的钱？怎么会这样呢？但是我马上就明白了：这个人就是传说中的高利贷商人；他利用别人的不幸来获取利益，真是罪恶深重。祖母常说，高利贷商人死后要被施以一千种酷刑，魔鬼还会让他们把滚烫的钱币生吞下去……那些钱就是他们从穷人那儿剥削来的。

我不知道该怎么办了。我可以拒绝，但我开不了口。35个苏，这是很大一笔数目呢。这些钱足够供我吃住好一阵子了。可是，我要如何相信一个习惯与魔鬼同行的人呢？

我把褡裢拉上，让他明白我要走了。

"这戒指又归你了。"他边说边把它推过来。

"不，这是我妈妈的！"

"那你没有其他的东西了？"

我摇了摇头。

他脸上露出奇怪的笑容，在一块纸片上草草写下几个字。

"今天晚上，你以我的名义去金胡须饭店艾米琳娜夫人家。那是一座漂亮的房子。把这张纸条给她看。她不会收你一分钱的。到了明天早上，你再看吧。也许你还能帮她做点事呢。"

我以最快的速度退了出去，但双腿已经不听我使唤了。

离我不远处有个送水工人,我跟他问了路。我就这样到了位于莫特勒里大街的金胡须饭店。今天晚上我睡得很舒服,很暖和,我身旁还睡着卡特琳娜和贝尔蒂尔德,厨房的两个女工。我吃了炖羊肉和面包。我已经没有力气再握笔了。明天再写吧。

4月7日

我不能写太长时间。还有好多事要做呢。艾米琳娜夫人身材强壮,她胳膊粗得好像短工一样。

我想她肯定很有钱。她的父亲拥有塞纳河对岸的好几家肉店。我不知道她有没有丈夫。她给我找了好几份活计:喂兔子,拾鸡蛋,洗菜削皮,当脏衣篮里堆满衣物时帮卡特琳娜洗衣服。她不付我工钱,但包吃住。就现在来看,我感觉没问题。

我不知道是否该感激昨晚帮我的男人。

但我一定会在某天,再次经过他店前。

艾米琳娜夫人看起来和苦劳力无二。你只需看看她的肩膀，就会觉得这是一副犁地的好身板。即便是我以前见过的工人，都没一个这么硬实的。在这饭店里，必须时刻保持很忙碌的样子，而且是真正的忙碌，因为她就是有本事在走近我们的时候，一眼就逮住那个发现她过来才赶忙抓起水桶的偷懒鬼。每当这个时刻，你可要小心屁股疼！别在她腰带上的漏勺或者洗衣棒就派上用场了，她用这些工具来戳你的屁股。我还是不知道她有没有丈夫。不管怎样，她向所有人发号施令，甚至包括厨师长，他听她的话，一声抱怨都不敢有。

我来到这儿三天了，活动范围还没超出过吉约里十字路口。我不敢走到比它更远的地方去。我感觉一旦这样做，就再也找不到回饭店的路了。这些相互交织盘绕的街道让我感觉身处迷宫。我永远都忘不了那个恐怖的夜晚，在来到金胡须饭店之前，我在街上游荡的那些分分秒秒。巴黎对我来说太大了。在卢维埃，想要迷路是绝不可能的：从让·安克蒂尔面包店直到新开的药店，我闭着眼都能走！我小时候，还经常数从圣母大教堂到呢绒商店需要走多少步。之后再走一小段，就能看到卢维埃城为抵抗英军而筑起的城墙。

饭店不远处是圣梅里大教堂和屠宰场圣雅克大教堂、圣善小教堂，以及巨大的香浦集市和格列夫广场集市；塞纳河对岸分布着其他的教堂和街区。总有一天，当我不再这么胆怯的时候，一定要去游历一番。

就到这儿吧，我得抓紧去厨房了。圣梅里大教堂的钟声提醒大家开早工了。希望在艾米琳娜夫人分配活计之前，我还来得及喝上一碗牛奶。

4月10日

今天是礼拜天，我抽空给爸妈写了封信。可是我不知道该怎样寄给他们。听这里的人说，巴黎和诺曼底之间的路几乎都被切断了。但愿妈妈不要为我担心。我爱你们，卢维埃的一切。

4月11日

天刚拂晓，我趁卡特琳娜和贝尔蒂尔德忙着梳洗的时间赶快写几个字。她们人不坏，可是我不愿意让她们看到我的羽毛笔和墨水瓶。我把我的宝贝们藏在一个皮套里，放在顶楼的横梁上。至于妈妈的戒指，我更是要低调，不能暴露。

由于写字耽误了工夫，我没多少时间洗脸了。还好明天是洗衣日，我总能瞅个空跳进洗衣桶里洗个澡。卡特琳娜是不会告状的，这点我确信。

4月13日

我自以为比其他人聪明，这回可是大错特错了！艾米琳娜夫人走进洗衣房的时候，我正在脱得精光在水里玩得欢呢。她的厉声痛斥至今还在我耳边回响：

"管管好自己，小丫头片子。再发生一次这样的事，我立刻把你扔出去！像你这样的穷鬼，巴黎多到没处放，连阴沟里都塞满了！"

我还没来得及说话，她就出去了，我本来想说，我不是穷鬼，我这样做只是想让自己干净点儿。她应该体会一下这是什么滋味，因为即使是炉灶的热气和她腰上的肥肉也并没有让她散发难闻的气味。气愤和屈辱让我浑身战栗，但是我还是坚持洗完了澡。然后我迅速爬到顶楼，晾了两大篮桌布。卡特琳娜说这个季节洗衣服还不算太痛苦。到了冬天，洗衣服的手会因为浸泡和寒冷而冻裂。

4月14日

今天我去了紧邻饭店的圣善小教堂。我祈求圣母马利亚软化艾米琳娜夫人的心，让她不要把我扔到大街上。我多想买一支带烛台的大蜡烛，可无奈囊中羞涩！就在我要离开的时候，一个女孩献上了一束紫罗兰。真是一份别致的礼物！我等她走远之后，把花分成了两束。一份代表我的心意，一份代表刚才那个女孩。我感觉自己的行为并不是很光彩，便向圣母喃喃自语道："善良的圣母，我这样做是为了求您不要将我抛弃。求求您了，赐给我一个小小的拥抱吧。"

一如既往，她没作任何回答。坚信所有圣人以及天堂里其他神灵一定会回答的，只有我的母亲。

我在门外的台阶上又看到了那个女孩，她正在和蜷缩在膝盖上的一只小狗分食一块奶酪。我向她打了个小小的招呼。

但愿她没有在我走后又返回教堂里面。

✳

4月15日

就在刚才，我看到艾米琳娜夫人扇了一个马厩工人一耳光，起因是他把贝尔蒂尔德紧紧地压在石井栏上。打了男的之后，她又狠狠地训斥了贝尔蒂尔德，那可怜的女孩哭个不停，连衣服都顾不上整理。

"这些男的整天纠缠着我，我真是受够了！"贝尔蒂尔德凄凄地哭诉道，"面包房的学徒，剃须匠的儿子，甚至连转烤肉叉的厨房小伙计昨天也跑来了，可他连腿毛还没长出来呢！"

可怜的贝尔蒂尔德！不过说到底，谁让她长得这么漂亮呢？尤其当她的几缕秀发从发兜里滑出，在前额上形成一个金色的圆环，真是太迷人了。站在她旁边的我简直像一只猴子：脸太圆，鼻子太大，黑眼珠滴溜溜地转。去年，我在鲁昂市的圣罗曼集市上见过一只猴子，它在一个红酒商人的肩头又蹦又跳。我还摸了它一下：它的小爪子都冻僵了！一只可怜的猴子，丑丑的，远离家乡，有点失魂落魄，这活脱脱不就是我吗？什么时候我才能拥有待嫁新娘的气质，让男人们一看到我就心驰神往呢？从没有人注意到我。从卢维埃带来的裙子已是污迹斑斑，我只能系上一条围裙来遮掩一下。我得向艾米琳娜夫人要一身干净的衣服。在绝大多数行业，老板虽然不付学徒工资，但必须提供食宿和衣着，包括鞋子！可是，经过那天的事之后，我还怎么敢跟她开口呢？

我希望贝尔蒂尔德临睡之前好好洗个澡，因为那个马厩工人浑身散发着牲畜粪便的恶臭，大老远都闻得到。

4月16日

我正在写字的时候，贝尔蒂尔德意外地闯了进来。她好半天才反应过来。

"天哪，你居然会写字……你从哪儿学的？还有，你干吗写这些，是做什么使的？"

既然这样，我便不得不向她讲述了我在卢维埃的生活，我的父母，以及我迫不得已的离开。我讲完之后，她奇怪地看着我，仿佛我变了一个人似的。我让她保证不将这个秘密告诉任何人，但其实我清楚她不会守信用。因为她已经求我同意她告诉卡特琳娜。

片刻之后

从她俩的闲谈中我知道了不少东西：卡特琳娜的父亲是位马匹商人。几年前，他曾为勃艮第公爵的马厩供应马匹，听上去都是些上等的好货。当时正逢勃艮第人掌管巴黎之时；他们依仗权势勒索敲诈，闯进人家家里洗劫一空，一分钱都不留。屠夫们还组织过几场惨无人道的大屠杀。这些肥胖的资产阶级与巴黎所有的富商一道，坚定地支持着勃艮第势力。他们可不想有什么变数！他们手下有几百个熟练掌握刀法的壮汉。忽然有一天，他们觉察出王位继承人似乎开始亲近阿马尼亚克人，他们害怕了。于是，他们到处安插刺客，连国王的王宫都不放过。据我这两位室友的讲述，其中最邪恶的刽子手名叫西蒙·卡博希，一个刀剪匠，在圣雅克屠宰场负责剥皮，他杀人如麻，嗜血成性。

"这一切都是因为我们国王查理的脑病越来越严重了。"卡特琳娜说道，她总是一副比别人更懂的样子。她继续道："他有时就像野兽那样咆哮，拿到什么就砸什么。之后又恢复理智。但过一会儿又发病了。"

"每天晚上，小酒馆里都有打斗。"贝尔蒂尔德接她的话说，"每天清晨，塞纳河上都漂着尸体。"

"那在这儿呢，在金胡须，你们可曾知道发生过什么？"我问道。

她们对视了一下。

"这里，就是勃艮第的一个巢穴。"卡特琳娜低声说道，"艾米琳娜夫人等勃艮第公爵老爷回来都等得不耐烦了。他和他的军队被阿马尼亚克人赶出巴黎的时候，成千上万的屠夫都逃跑了。她的丈夫就是那个时候走的，听说他现在人在蓬图瓦兹。"

我忍住没张开嘴，但脑子里一片混乱。妈妈，你看呀，你劝我来巴黎，理由是法国国王的拥护者阿马尼亚克人掌管该城。可是我却被英国国王的拥趸勃艮第人所收留，由他们管我吃住。那我到底该不该视他们为仇敌呢？

4月18日

深夜，我们被一声巨大的声响惊醒，今天早上才知道原来是附近一间房子的屋顶塌陷了。那是一间破败不堪的房子，我常常从它的门前经过。房子主人在暴乱时离开了巴黎，房屋里面早已被小偷洗劫一空。后来这间空屋变成了流浪汉的避难所；前去清理的邻居们还在卧室里发现了一张破草席和一个小火炉。今天晚上，这些可怜的人要露宿街头了。他们会睡在哪儿呢？如果不是被那个高利贷商人送到金胡须饭店来，我也只能跟他们一样满街游荡。多亏了他，我才有了一张暖和的床和每晚丰盛的晚餐。我应该要去谢谢他才对啊，但是我不敢。他一定认为我是个忘恩负义的人。

4月20日

艾米琳娜夫人以一种胜利者的姿态向我们宣布，金胡须饭店即将迎来屠夫行会的年终宴会。

"这将是一场令人永生难忘的盛宴，"她如此说道，"我们饭店的名气会因此而更上一层楼。"

"那意味着我们要干上两倍的活！"贝尔蒂尔德小声抱怨道。

她说得没错。我也不喜欢那些屠夫。他们每天早上都要屠杀母羊和小羊羔。事实也证明他们杀人一样不手软！在我很小的时候，祖母常给我讲一位好圣人尼古拉的故事，他从屠夫的盐缸里救出了三个可怜的小娃娃。我听着听着就哭了……我仿佛已经看到他们坐在饭店大厅里，一个个肚子滚圆，脸又肥又红。

呸！我要跟卡特琳娜和贝尔蒂尔德一起，向圣人尼古拉祈祷，让他保佑我们顺利度过那一天。

4月25日

自从我的两位室友洞悉了我的秘密之后（或者说我的秘密之一，因为我还没把戒指的事告诉她们），我开始晚上写字，早晨洗脸。不过贝尔蒂尔德动不动发牢骚说我把烛光独占了，她都看不清镜中自己的脸了，那面小镜子可是她的情人送给她的。

我们大吵了一架。我甚至还用胳膊肘往她肋骨上来了几下。

为了求得她原谅，我同意替她给住在莫城附近的情郎写封信……他同样能找得到识字的人帮他辨读。

片刻之后

此刻她们俩都睡了。没有人在背后盯着我写字，我感觉好放松啊。

"你究竟写了些什么？"

"'在我的记忆中，你永远是最英俊的。'你是这样跟我说的吧？"

"再告诉他我一切都好。"

"说真的，"虽然没有情人却仿佛深谙此道的卡特琳娜插嘴道，"你要是能再温存些，他一定会心花怒放。"

于是，我开始给这个素未谋面的男孩写些从没跟任何人说过的话："你可以抚摸我的头发"，或者"我要在你的脖子上烙下我的唇印"，更夸张的是，"我的胸部在颤动"！

我费力地咽了口唾沫，问道："我真的要这样写吗？"

"当然了，你难道不愿意吗？"

我照她们说的写了，同时表明这是第一次也是最后一次。我真心希望贝尔蒂尔德不要使坏介绍她男朋友给我认识。我几乎可以想象得到那场景：

"你知道吗，这是我的朋友让娜，就是她给你写的信……"

他微笑着，我从头到脚都羞红了，两只手扭来绞去……不要！

在卢维埃，我妈妈允许我独自出门，可是没有一个男孩子可以在她不知晓的情况下同我讲话。大家都认识我们，而且长舌妇们整天无所事事只知道偷窥邻居的私生活。假如一个年轻姑娘午间略感不适，到了晚上，整座城都在窃窃私语传她怀孕了，甚至连她的预产期都推测出来了！

不过，我在父亲店铺帮忙的那些日子里，总有些年轻人在摊开的布料下面轻触我的手。那些时刻，我的心简直要从口中跳出来。所以贝尔蒂尔德在吐出那些甜蜜字眼时的两颊绯红也就不足为奇了。

才把笔擦干，我又开始提笔蘸墨了。

楼下有人敲门。我真真切切地听到了沉重的金属门环撞击饭店大门的声音。

夜深了，食客们都已散去。却有人来开门，我发誓我没听错。

造访者悄无声息地进了门。他没穿靴子，也没有经过院子。如果有的话，我肯定听得出来。

来者何人？艾米琳娜夫人也会有浪漫的深夜约会吗？

4月26日

厨房里，人们唯一的话题就是将于星期日圣灵降临节举行的宴会。

他们估计会有五十多位客人莅临，据说全是吃肉喝酒的好手。假如这些贵宾的太太们全是艾米琳娜夫人那种体型的，那必须得把饭厅周围的墙全推倒才能勉强装下这些丰乳肥臀！食物储藏室里已经供奉着一桶博恩红酒，这是勃艮第红酒中的上上品。艾米琳娜夫人会叫人送来猪血香肠、各种馅饼及点心，其余的都由我们来准备。

我想是时候卷起袖子干活了。

4月27日

再过几天，我就没纸可写了。刚刚我从长笛套往外抽纸的时候，不幸地发现了这个事实。我为什么没学会精打细算呢？现在好恨自己写了那么多废话。说白了我就是想塑造出自己的美好形象……我得停笔了。从今天起，我只拣重要的事情写。

4月30日

上楼梯的时候，艾米琳娜夫人正在我身后；看我艰难地拖着水桶生拉硬拽，她一把把水桶抓过去，一口气拎到楼顶。我到现在都没回过神来。

我恭恭敬敬地向她鞠了个躬；她连看都没看我一

眼。我希望她至少听到了我的感谢之词。

5月1日

艾米琳娜夫人希望屠夫老板的宴会上能有大批女佣服务。在此重要日子来临之前，卡特琳娜和我两个人都要轮流去饭厅接受服务培训。今天首先轮到卡特琳娜，明天轮到我。为迎接盛会，艾米琳娜夫人派我去无罪者公墓旁的旧衣服店买一条得体的裙子。贝尔蒂尔德陪我去。

"不要超过15个钱币。你叫人把这笔消费记到金胡须饭店的账上。"

天上掉下一条新裙子！一想到可以穿得漂亮些了，我就高兴得坐不住。

5月2日

真是好丢人啊！我从头顶红到了脚跟。倒不是因为这条漂亮且合身的巴黎款式连衣裙，穿着它，我感觉挺自在……我走出厨房，双手小心翼翼地端着一锅滚烫的红酒炖兔肉。我将它摆放在一张桌上，饭桌后面坐着三个男人。我抬起眼，正在为没打翻碗碟而沾沾自喜，突然，你猜我看见了谁？那个高利贷商人，那晚商店里的那个人！我曾暗暗发誓要过去谢谢他，但最终还是放弃了。他居然认出了我！我结结巴巴地胡乱应答两句就飞也似的逃回了厨房。

5月6日

高利贷商人又来了。他吃过晚饭就离开了。他和艾米琳娜夫人很熟的样子。今天是星期五，斋戒日，吃鱼。我给他端了一盘烤西鲱鱼。我又脸红了，还好他们什么也没发现。他们俩在讨论着什么，我觉察出了他们的忧虑。

5月7日

他天天都来。

明天是最后一天。我没信纸了。一个字也写不了了。

5月8日

我终究还是这样做了。我可能疯了，但绝不后悔。我把妈妈的戒指当给了那个高利贷商人。之前我一直把它藏在顶楼横梁的小洞里，拿面包屑把洞口填起来。由于高处昏暗，从没有人发现。

今天中午，我去了他店里。走在街上的时候，我一遍又一遍地练习着事先准备好的话。

"我深深向您道歉，我应该早点来向您致谢，而不是拖到现在。"

他笑了笑，一言不发。那好吧，我鼓起勇气上前："我这次来是为了抵押上次给您看过的首饰。"

"你妈妈的戒指？"

我点了点头。他的记忆力真好。我的也不差。

"您当时报价35个苏。"

"没错。赎回需要给我40个苏。"

"我知道！"我大声地说。

他大笑起来。

"感觉像是在挖你的心一样！"

"是的，因为您什么都没做，却让我为这段时间买单，可是时间是不属于任何人的……"

"它属于上帝，有人这么跟我说过。"

"没道理！"

他把两个胳膊肘支在桌上。

"你听我说：当你去买香芹、葱或者马齿苋的时候，买一大把肯定要比买一小段要贵。"

"那是自然，因为我得到了更多。"

"当然不错。可是，不管是园丁或是农民，他卖给你的也包括时间。养育植被的土地和浇灌它的雨水都是上帝的礼物，你同意吗？"

我不知该怎样回答了。这些都太复杂了。但农民绝不会和高利贷商人一起被打入地狱！

他往桌上放了 35 个苏。我把这笔数目可观的钱放入我衣袖深处的小口袋里。

接下来，我立即跑去大城堡旁边的一家抄写工作室买了纸、墨水和一支全新的羽毛笔。我选了一种最便宜的纸，吃墨水吃得很厉害，下次我会更识货的。

既然工具都齐全了，我要再给爸妈写一封信。一封很长很长的信，不漏过任何细节。好幸福哟！之后我要再去问问高利贷商人，怎么把信寄到卢维埃去。饭店里的人都告诉我不可能，但是现在我有钱了！

明天我有空闲时间，我要好好讲讲我的新裙子。

✠

5月9日

我要讲点比裙子更重要的事！一大早我就去找高利贷商人了。昨天一晚上我都在想到底把钱藏在哪儿。三十多个苏，不小一笔钱呐……还藏在顶楼吗？横梁上的缝隙太窄了。和我的信纸、墨水一起放在横梁上？贝尔蒂尔德和卡特琳娜就算再老实，总有一天也会发现的。到时候她们就会告诉其他人……我越想越焦急。我还想到可以把钱藏在教堂，委托神父照管。但还是算了，我下不了决心。我想到了高利贷商人，他曾在我根本没开口的情况下主动救了我。于是我又回去找他。他惊讶地睁大了眼睛。

"这么快就来赎你的宝贝了？你的钱一晚上就增长了？"

这讽刺的口气令我很窘迫，我最终还是开了口：

"我来是想请您代我保管这些钱。"

幸好他没有笑，否则我真要落荒而逃了。他不但没笑，还认真地端详了我很久，然后语气轻柔地问道："你想让我保管多少？"

"所有的钱，我自己只留几个钱币就好。我可以一有需要就过来取吗？"

他一边点头，一边数着柜台上的钱。

"你买到写字的纸了？"

他怎么知道的？

"你的手指上沾了墨水。这在一般的厨房女工身上可不常见。"

这个高利贷商人可真够狡猾。我忍住没告诉他我不是一个厨房女工，但我确信他早已知晓。

走出门时，我的口袋里多了一份寄存31个苏的证明文件，上面有他的亲笔签名：皮埃尔·勒·弗拉芒，以及今天的日期。

我顿时感觉又轻松又不安。在我心里面有两个声音在互相顶撞，一个声音说道："我可怜的姑娘，你也太大意了！你不但一无所有了，还要受制于他。"

另一个声音回答："不会的，不会的，一切都没问题。这个皮埃尔·勒·弗拉芒是一个正直的高利贷商人。"

我简直不敢去想，当祖母听到这些偷钱者魔鬼般的名字，会露出怎样惊恐的眼神。

走到皮埃尔奥拉尔大街的时候，可怕的一幕把我从纷乱的思绪中拉回现实。一个披头散发、满身污秽的女人，趴在一间房屋的门槛上哭叫道："贝尔纳·德·阿马尼亚克是个魔鬼！上帝啊，您看看他让我们穷人遭了多少罪，他应该得到报应！"

我走了过去。贝尔纳·德·阿马尼亚克，国王的外甥，就是他与勃艮第公爵公然对抗……我的父母对他不吝赞美之词，并因他的军队把巴黎从勃艮第人手里夺了过来而欢欣鼓舞……行人被女人的叫喊声所惊动，试图将她劝进家中。她拼命地挣扎。

"我的儿子，从圣樊尚节那天就被阿马尼亚克人抓进监狱，直到今天还没被放出来。就因为他交不起税。为抗击英国人交战争税？你就笑死我吧！根本就是为了聚会，为了漂亮衣服，为了皮大衣而交的税吧！可是我们呢，面包比金子还贵，我们只能饿肚子。"

她开始尖叫起来："我儿子有什么说什么，就跟我一样……他说的太多了。昨天晚上，看守他的人用鞭子把他抽死了。"

我走开了，感觉很难受。怎么知道她说的到底是不是真的呢？她看起来像个疯婆娘，但她说的每个字都在我耳边回响。

在回去的路上，我遇到了疾步行进的城市护卫军。他们肯定把她抓走了。我担心她从此消失。

我脑子里就剩一个念头：五年前，勃艮第人因作恶多端被赶出巴黎。可是今天，阿马尼亚克人也好不到哪儿去。法兰西的贵族们不但不联合起来抗击英

国，还频发内战，受伤的只能是法兰西人民！造成这
个局面的根源是国王的精神病。那么和平什么时候才
能到来？

5月12日

"本周先暂时把脏衣服放一放，"艾米琳娜夫人命
令道，"每个人都去厨房干活！"

大家就这样挤在壁炉、洗碗槽和炉灶之间……切
酸模、香芹，剥洋葱，捣桂皮、杏仁，浸番红花，小
心翼翼地把肉豆蔻擦成碎末儿，同时注意不浪费一丁
点儿，因为它价格极其昂贵！艾米琳娜夫人在这方面
是个专家，对我们要求极其严格。她甚至还告诉我们
生姜是一种来自于中国的根茎类植物。她知道的东西
简直比我妈妈多太多了！

厨房里热得要命，突然，一阵清新的空气飘进，
我们回头一看，一个小女孩拎着装满鲜花的篮子从院
子开门进来。

"老板娘让我送些花来。"

就在这时，我认出了她，她就是教堂里的那个女孩子。但她的狗不在。

我带她走到饭厅，艾米琳娜夫人正在检查餐桌的精美布置。女孩的脚上沾了泥，不敢踩在光洁的地板上，于是我去给她找了一些草垫在脚下，并极力忍住不去闻她的花。蔷薇花，毛茛，鲜嫩的雏菊，白色的五月刺李，蓝色的菊苣，再配以细细的凤尾草。太美了。艾米琳娜夫人仔细地检查着这些花。

"这周星期天你能再给我送些同样的花吗？"

"可以呀，我一大早就送过来。如果您愿意的话，我还可以采些玫瑰花瓣用来装饰桌布和水池。"

"太好了！这都是你从哪儿采来的？"

她耸了耸肩膀。

"这是秘密。"

真像个女魔术师！我敢打赌，她肯定天刚亮就开始翻花园的围墙。

这个时候我才注意到挂在她肩膀上的褡裢，里面似乎有些动静。我很快就明白了：里面装的是小狗！她去每个地方都先把它照这样藏起来，当然前提是时间不能太长。此刻它被憋在布袋里面，已经开始呼吸困难了。

为了不笑出声，我赶快回了厨房。

离开的时候，她对着我微笑。

"老板娘要我星期天留下来帮忙。"

我也对她笑了一下。这个女孩身上散发着花香，就像她芬芳的心灵一样。

5月13日

"艾米琳娜夫人这次不把他们的胃撑爆是不罢休了！"卡特琳娜临睡前说，"菜单上焗鸭肝，肥肉塞鸽子，瓦罐羊肉，大块的肉，脆皮烙饼……而我呢，只能吃些猪狗食，真是太伤心了。"

我问道，艾米琳娜夫人从哪儿弄来这么多的食物？诺曼底的牲畜供应早都停止了，鸡蛋和奶油也都没了。照往常，这个时候正是最上等奶油的出产季节！

"唉，你就知道你的诺曼底！"卡特琳娜嘲笑道，"她还可以从布里，从博斯，从勃艮第进货啊，拜托！由于路上强盗出没，物价也跟着上涨，不过她才不在乎呢。她把用餐费提高了。你不会不知道吧，屠夫们的钱包里满满都是金币。"

我一言未发。我感觉只要一多说话，她们就当我是个白痴。我只知道人们怨声四起，大街上的乞丐越来越多了。可是饭店里的每个人都在胡吃海喝，我也不例外。

5月15日，星期日圣灵降临节

卖花姑娘一大清早就来了，手捧一束鲜花，那花瓣和露珠一样娇嫩。我问她："这些宝贝是从哪儿来的？"

她皱了皱眉头，没有回答。她这副态度真让人恼火，故意神神秘秘的样子。

不过她马上又换了说法：

"如果你能帮我看一天这个包的话，"她一面说着，一面把她的褡裢放在我手上，"我就带你去花的天堂。"

褡裢热乎乎的，还动个不停，里面的小东西拼了命想逃出来。

我问道："它叫什么？"

"它没名字。或者说，它每天都有不同的名字。今天它叫路西法。"

路西法，我不太喜欢这个名字。但没工夫管这个了。我说："天堂的事就这么说定了。"

我抱着不停乱蹬的口袋走进了院子。我把路西法藏在了洗衣房里。谁会在大摆筵席的日子里来洗衣服呢？我给它端了一大碗牛奶，然后关上了门。

没过一会儿，客人们都到了，竟然没有我想象中那么脸红脖子粗或者大腹便便。有些人携夫人而来，还有些人像老友一般三五成群。他们无一例外盛装出席：鲜红耀眼的腰带，上好呢绒制成的软帽和宽袖长外套。这个我最熟悉了！

"看到没？"卖花姑娘玛丽（我才知道她叫玛丽）小声说，"他们佩戴着圣安德烈十字架，这可是勃艮第人的标志。"

我看到他们相互问好，给彼此大大的拥抱，然后

纷纷挤到水池旁边准备洗手。

"他们全都属于这一派吗？"

"应该是，不过任何人都不会提到勃艮第公爵阁下的名字。他们最多聊聊牲畜的价格和有关屠宰场垃圾的最新禁令，不会涉及什么危险的话题。"

"但是他们在艾米琳娜夫人面前有什么好怕的呢！"

"当然不是怕她了！是怕侍从中有人向阿马尼亚克人告密。"

我吓了一跳。她接着说："那些阿马尼亚克人又不傻。他们很清楚大部分巴黎人向往和平，并期盼勃艮第公爵的回归，尤其是屠夫们；所以他们在监视……"

艾米琳娜夫人拍了拍手。大家应声投入工作，我丝毫没有感觉到时间的流逝。他们大吃大喝，无休止地争论，一个接一个地发表演讲。晚餐最后，女士们聚集到小饭厅品尝饭后甜点。她们一边嚼着李子干和糖果，一边向满脸陶醉之情的艾米琳娜夫人表示感谢。

我趁机去洗衣房看一眼小狗。它居然不在了！我到处翻了个遍，脏衣篮里，洗衣槽下边，火炉后面……不见踪影！走回饭店的时候，我喉咙发紧。厨房伙计们已经趴在饭桌边准备大快朵颐了。

"快来啊，让娜！"贝尔蒂尔德叫道，"该轮到我们吃了。"

我什么也吃不下，更不敢往玛丽那边看。可是不管怎样，我总归要向她坦白。听完之后，她只是紧咬嘴唇，晚饭结束后很快就离开了。我感觉到了她的悲伤。我何尝不难过。她肯定恨死我了。我也好恨自己让她如此伤心。

5月17日，清晨

我醒了，眼前分明是安娜的脸。安娜，我的小妹妹，去年五月份离开了人世。在我的梦里，她笑盈盈的，还把手指插进了祖母在圣尼古拉节送给我们的蜂蜜罐里。去年春天，气候已开始慢慢变暖，安娜却患病了。她越来越难受，烧得越来越厉害，那可恶的咳嗽扯得她胸口剧痛无比，最终，她被击倒了。我知道，祖母一直都难以平复伤痛。正如她所说，安娜是她的"小天使"。随着她们两人相继离世，卢维埃的生活开始变得空虚、阴郁……我帮妈妈做缝纫，帮爸爸看店……自从来到了巴黎，我耳边听到的不再只是父母一成不变的对话，我发现了不一样的路，不一样的面孔……与玛丽的相识令我欢欣，可是怎么样才能帮她找到小狗呢？我好怕它会遭到流浪汉的痛打，又担心它被一伙高大的看门犬欺侮。

5月19日，傍晚

我的上帝，我的圣母，圣克里斯托夫以及其他所有神灵，感谢你们！玛丽的小狗找到了，我还和皮埃尔·勒·弗拉芒长谈了一次。可惜今天一开始就接了个坏消息。早上贝尔蒂尔德告诉我们，她的情人会在中午的时候来看她，她还要介绍他给我们认识，并张罗大家晚上一起去小酒馆热闹热闹。

她的提议让我无比窘迫，因为我早就下决心不与这男孩子见面。我必须找个理由来推脱。确实有个隐秘的理由：寻找玛丽的小狗。还有个相对可以坦白的理由：把我上周写好的信寄去卢维埃。老实的贝尔蒂尔德接受了我的缺席请求，更何况卡特琳娜早都热切地答应了。

一闲下来，我马上朝着格列夫码头奔去，因为那里是流浪汉和流浪狗的聚集地，他们在那儿总能找到一只死老鼠或一桶鲱鱼来果腹。

半路我忽然想起自己没带钱，万一路西法落入别人手中该怎么办？于是我决定去找皮埃尔·勒·弗拉芒。他的店关着门，我使劲敲了好几下百叶窗也没人答应。我不知所措地坐在门前的长椅上，只好等着，几乎都要睡着了。片刻之后他把我推醒了。

"你从哪儿来？"

"这是什么问题！"我边说边拍拍脸，让自己显得更精神点儿，"当然是从莫特勒里大街和昂弗瓦德格莱大街来的啊。"

"哦，对啊！不过看你这副样子，我还以为你从花园底下爬过来的呢。"

我看着他，惊得目瞪口呆。

"难道没人跟你讲过吗？这面墙后面就是你家饭店的院子！"

我更加惊讶了，转过身去。可不是吗！我认出了饭店屋顶的瓦片，甚至还有阁楼上我常常倚靠的那扇天窗。

"那有没有通道呢？"

"以前是有一个的。"

"那您现在怎么走？"

他迟疑了一下。我的好奇心被激起来了，既然是他先提起的，我就要弄个清楚！

"艾米琳娜夫人那时就住在这儿吗？"我问道。

"是的，她就在这间房子里出生、长大。"

"您时常去找她吗？您……您是不是爱过她？"

我赶快掩住口。我刚说了一句大蠢话。他一定会用他惯常的嘲讽语气好好泼我一盆冷水……

然而他没有！他用一种梦游似的口气回答道："那时的我们比你现在稍大一些……"

我震惊了。我从来都没想象过艾米琳娜夫人少女时的样子，更不要说她和邻居穿过秘密通道相会的恋爱情形！至于他，所谓的偷钱者，谁能想到他灰色大衣下居然掩藏着一颗柔情的心？十几个问题在我的脑袋里乱碰乱撞：他还爱着她吗？那时的她已经像现在这样胖，这样威严吗？我努力稳住了自己。我只想提一个还算得体的问题："您没娶她吗？"

他叹了口气。

"她父亲把她嫁给了一个屠夫老板：贝尔纳·德·圣永。你应该不会奇怪，他家很有钱！"

"那您呢？"

"我现在是鳏夫。我在照料我姐姐的孩子们，她丈夫死了……那可怜的男人在卢瓦河里淹死了。他们原来住在图尔边上。"

我们沉默了一会儿。我走去看那扇门。门确实还在，被插销关了起来。透过木板的缝隙，我看到了洗衣房里的木柴堆。突然，我的心狂跳了起来。洗衣房！这个破旧失修的门足可以让一只小狗通过。

"它也许从这儿溜了出去！"

"你在说什么呐？"

"我在说一只小狗，上周日有人委托我照看它，谁知它逃跑了。"

"是不是一个瘦弱的小东西，长着一只黑耳朵一只白耳朵？"

我简直要冲过去抱住他了。

"您找到它了？您是怎么对它的？"

"它用三条小腿儿走路，另一条腿儿不是摔断就是扭伤了。我把它抱到我的剃须匠那儿去了，由他来照顾。"

"那现在呢？"

我实在等不及了，不禁一蹦一跳起来，我这副样子把他给逗乐了。

"那老实人肯定会一直把小狗养在家里，直到它康复为止。他所有的时间都花在照料各处送来的小残废上了。"

我们便跑去找剃须匠了，他家住在桥的另一边。在路上，我向他解释了来龙去脉。

5月20日，黎明

昨晚我没写完。负责我们街区夜间巡逻的警卫官很晚才来吃饭。好几个人陪他一起来的。尽管时间已晚，艾米琳娜夫人却没有拒绝他们，而是把他们安置在一个小包厢内，并喊我过去招待。我真不明白她为什么不叫厨房的人去！在餐桌上，有一个叫佩里内的年轻人喝得欢，聊得开。他非常痛恨阿马尼亚克人，因为有次他刚走出一家小酒馆就被他们暴打了一顿。还有一位满身泥巴的客人，似乎是从远方来的，他讲话时其他人都听得非常认真。我听到他们谈到了布齐大门。那个警卫官还提到了晚间马路上禁止通行的铁网……

"必须要有个人去指导他们。"他补充道。

谈话的气氛非常严肃，每张脸都绷得可怕。我强烈地感觉他们正在酝酿着什么，仿佛一触即发。

接下来就静观其变了，我先来把昨天的事讲完：

就这样，我们来到了那位照看小狗（我实在不喜欢叫它路西法！）的剃须匠的家。

"稍微扭伤了一点，"这个老实人说道，"已经差不多好了。"

我想要带它走，皮埃尔·勒·弗拉芒起身阻止。

"你能拿它怎么办呢？你又不能把它留在饭

店里！”

“不，我要找到卖花女玛丽。她经常出现在圣善小教堂的台阶上或者圣梅里街区一带。”

“这事由我来办。在此期间，小狗还是待在这里比较好。”

我没有再坚持。他说得有道理。

我们走到了河的右岸，在格列夫码头停了脚。一只只小船停在陡峭的河岸上，而那些大船则浸在深水里。河边有很多水手在捕捞充当夜宵的食材。货物包混乱地堆在一起，酒桶被搬运工放平滚向双轮运货马车。

“看看这些货物！”皮埃尔·勒·弗拉芒说，“要把它们从布鲁日、弗朗德尔以及北海运过来，已经越来越困难了。这些地区是勃艮第公爵的领地。没有他，就没有贸易。自从阿马尼亚克人掌权之后，巴黎日渐衰落……你能理解为什么巴黎人期盼着无畏的约翰的回归吗？”

“如果我理解得没错，您自己也算是勃艮第人的支持者！”

他皱了皱眉头。

"你难道不知道这话说不得吗？"

我没听他的，继续发表我的言论。我被激怒了。

"我的父母算是阿马尼亚克派的，他们支持的是法兰西的国王！"

"让娜，勃艮第公爵想要通过协商来获取和平。而贝尔纳·德·阿马尼亚克呢，用一场他发动不了的战争作借口，加重赋税，榨取人民的血汗。"

"这么说，您要像勃艮第公爵所希望的那样，准备把英格兰的亨利当成国王了吗？"

他长久地注视着水流，然后低声回答道："我倒是觉得，约翰公爵会将法兰西的皇冠戴在自己头上。"

我们坐在一大捆干草上，就这么一直谈着。此处僻静，没人听得到我们的谈话。

假如我的母亲看到我在用这种方式跟这个男人说话，既不垂下头，也没握紧自己的手，丝毫没有淑女的姿态，不知她会作何感想？曾经卢维埃城的那个小姑娘已经在我的记忆中远去了，我感觉自己从此变成另外一个人，巴黎的天空释放了我自由的灵魂……

重新踏上莫特勒里大街，我用很慢很慢的步伐走回了饭店。我希望自己什么都不再想，可是我失败了。我在问自己，父母当初的结合是由于两情相悦，还是像大多数人那样听从了父母之命？下次见到母亲的时候，我敢不敢这样问她呢？但相比于探讨内心，她总是更愿意谈论厨艺或者刺绣，所以我即使问了，也永远不会得到真正的答案。

5月22日

昨天发生的一切完全转移了我的注意力！信还留在我的袖口里，我居然忘记了父母，内心愧疚不已。

"无论如何，"卡特琳娜跟我说，"我也想不出来信怎么才能寄得到。英国人在朝塞纳河进发，所有的人都逃了，连流动商贩、朝圣者都不见了……你能把信交给谁呢？"

她说得没错。可是我必须要让他们知道我的消息。我随时都能想象得到他们的担忧。我明天就去找皮埃尔·勒·弗拉芒寻求建议。

透过阁楼上的天窗，发生在他房屋后院的一切我都看得清清楚楚。我看到他吃过晚饭后，正与两个男孩在一起。这也许就是他的外甥们。我本以为他们会更年幼一点。不过也确实，他与我父亲年纪相仿……我在想，他们与舅舅长得像不像呢？希望最好不要相像，因为皮埃尔·勒·弗拉芒不是一个英俊的男人。他的眼窝深陷，脸庞瘦削，像一位隐士。

我得打住了，再这样想下去就像个八卦婆了！卡特琳娜在洗衣房等着我呢，今天的劳动还远远没有结束。最近，每天晚上我都要在小包间里上菜。昨晚警卫官又来了，皮埃尔·勒·弗拉芒也来了。每次晚饭结束后，艾米琳娜夫人就来招呼他们，让我去睡觉。他们一直谈到深夜。

5月23日

玛丽满面笑容地向我们问好。她背在肩上的褡裢里露出一只白色的耳朵。一切终于回归正常了。哎哟！

"我们倒不如叫它斯冈佰特。"我轻轻地拍了拍这鼓鼓囊囊的口袋。

她装作没听见，她用这样的方式来让我明白，狗是她的，而不是我的。真是个古怪的女孩儿。但她倒是说话算数：临走之前，她向我走来。

"关于花的约定，你准备好了吗？"

我睁大双眼，因为之前没看好小狗，我还以为去"天堂"的参观就此取消了呢。

她却没有这样想：

"我们定在星期三吧，最后一班夜间巡逻之后，王宫的大钟敲响四点半时。你能醒得来吗？"

我说可以。就算我整夜睁着眼睛也在所不惜。而她呢，她是怎么醒过来的呢？其实我连她住哪儿都不知道。

5月25日

我哈欠打得下巴都快掉了，笔在纸上颤抖。不过我有很多高兴的事要讲。玛丽口中的花朵天堂原来就是国王在圣保罗饭店的花园。没错。今早我在国王的花园散步了！国王的住所就像一幅画，到处都是小塔楼，人字墙，精致雕刻的门和窗，以及华丽的长廊。我踮着脚尖从这些艺术精品前经过，听向导玛丽的话，一言不发地紧紧跟着她。

我们是从圣安托尼大街进去的。守卫士兵看到了我们，但一句都没啰嗦。

"我跟他认识很久了，"她向我解释道，"我每周都给他妈妈送花。"

我十分惊讶。

"就他一个人吗？监守不是很严密啊。"

"哦，你知道吗，国王自己才需要被严密监守。他发起狂来的时候，很可能会伤到自己。这个地方又是宫殿，又是监狱。王后走了，而王太子查理，未来的国王，住在玻璃厂大街。"

我们穿过了狗窝和鸟棚，又跨过一道绿荫小径，最后小心翼翼地踩上一块方块菜园的土地。

"我们差不多到了！"玛丽悄悄地说，"快来看

呀，那里最美了。"

天气很凉爽。鸟儿在篱笆和果树上叽叽喳喳地叫着。远处的高墙后面，整座城还在沉睡。玛丽带我来到了一个漂亮的小院子，玫瑰蔓藤相互缠绕，花朵的颜色非常特别，仿佛是太阳落山时晚霞的颜色。

"这些花是我父亲种的，是他从意大利找来的。"

"他是国王的花匠吗？"

"他……他已经去世了。"

"那你母亲呢？"

"她老早就回意大利了。"

"她是和这些花同时来的吗？"

她的下巴在颤抖。我不想触及她的伤痛。于是我轻轻地说："那么，你应该和这些玫瑰同岁了……这真是太漂亮了。"

在我们的周围，有前一天晚上才新长出来的娇嫩的小花，有楼斗菜，还有风铃草，路西法正在全神贯注地浇灌着它们。我们俩同时忍住，没有大笑出来。接着，我们赤脚踩在湿润的草坪上，绕着花坛走了一圈。这感觉太美妙了。不远处有一条小径，两边排列着许多小树，它们在木质的栽培箱里伸展出绿色的小枝杈。

"过来闻闻。这些花也是来自意大利的。"

我生平第一次闻到橙花的味道。只需闭上眼睛，就可以开启一段旅程。唉！只可惜我们没有时间了。教堂的早钟声已经敲响。国王的起居室内传来了男仆们鼓掌的声音。得回去了。我采了一朵小白花，一直放在鼻子下面闻啊闻，直到回来。最后我拿一张纸折成四分之一大小，把它放了进去，希望这美好的味道能永远留存。

5月27日

今天一天的工作结束之后，我就去找玛丽了，她正在吉约里十字路口卖花。斯冈佰特（虽然玛丽不喜欢，但我还是愿意这样叫它）挨在我们旁边，边晒太阳边抓自己身上的虱子。我带来了吃剩的烤饼，他们俩毫不客气地狼吞虎咽下去了。

"你有时会饿吗？"

"不太会。我和奶奶住在一起，她煮得一手好汤。但她从没做过烤饼！"

不远处，一群老人正在窃窃私语。我伸长了耳朵听。

"好像有 6 万人……"

"他们在蒙特勒里那边打起来了……"

"自从他们占领了蒙马特高地和夏悠山，他们就要……"

"我认为，8 品托小麦标价 15 苏，这简直天理不容！"

他们毫不掩饰言语中的辛辣，把所有巴黎人压在心底好几个月的话统统说了出来。听着他们的谈话，我心想，阿马尼亚克人时日无多了。未知的只是勃艮第人将在什么时间、什么地点进攻。我是不是应该害怕？但至少此刻我感觉挺刺激。

5月28日，中午

走出洗衣房的时候，我发现原本堆在院子深处的那堆木柴不见了。门半开着。这是给情人留的小门，还是阴谋的通道呢？

我感觉一场大动乱即将来临。

5月28日晚至29日凌晨

王宫的大钟敲响了午夜两点。我趴在阁楼的窗户上偷偷地看。为了消磨时光，我观看夜空里的月亮和云彩大战。月亮是常胜将军，因为它巨大洁白的光彩能冲破阴霾。

卡特琳娜和贝尔蒂尔德在熟睡中。贝尔蒂尔德在床上翻来滚去，嘴里喃喃自语些我听不懂的话。自从上周四圣伊夫节之后，她们俩就彼此不理对方了。仅仅就因为卡特琳娜在贝尔蒂尔德的未婚夫吉约姆面前表现得太殷勤。把自己的爱人介绍给自己的女伴，这可真不是一个好主意！我庆幸自己没掺和其中。他也许还会喜欢我，谁知道呢。

尽管我努力地抗争，但还是睡着了。外面，事情已经有了些变化。

皮埃尔·勒·弗拉芒家院子和饭店院子里的灯

笼都被点亮了。底下传来嘈杂的声音以及急促的脚步声。紧接着我听到远处一阵骚动，某种沉闷的噪音从城中传开来。

我要下去。就算危险也不管了。

5月29日，接近中午

从我放下笔的那一刻起，仿佛世界都震动了。我会尽力详实且毫不夸张地逐一记录：

我先是叫醒了贝尔蒂尔德和卡特琳娜。

"快，勃艮第人打来了！"

贝尔蒂尔德哭起来了。

"过来看看外面，你就没那么怕了。我敢肯定艾米琳娜夫人已经在那儿了。"

她迟疑着。我轻轻地责备了她几句。

我们从两个院子中间的通道走了出去。我们跟随着灯笼的光和嘈杂声，来到了格列夫广场。

火光亮了起来。所有的街道上都突然冒出了成群结队的人，他们高举着圣安德烈十字旗。声响越来越大，听起来好像来自西边。信使们大汗淋漓地奔跑着。

"他们来了！他们靠近了。他们已经到圣塞维林了！"

我还没反应过来。他们已经到巴黎了吗？

"这是怎么回事啊？"我问道。

我周围人的回答不尽相同。直到最后我才明白，勃艮第人兵不血刃，秘密地打开了布齐城门就进来了。布齐城门！我早该想到的。我曾经在小包间内听到了他们和那位佩里内的密谋。

河岸上，十几名摆渡人已经做好了准备，以防阿马尼亚克人占桥。但其实，区区若干巡逻兵怎么可能战胜八百个勇猛的士兵呢？

我遇到了皮埃尔·勒·弗拉芒，他身边聚集着一大拨带武器的人，我认出了其中几个屠夫，他们每人都穿锁子胸甲，佩带剑。因为这身穿戴的缘故，他看起来更年轻，也更矫健了。一个瘦瘦的年轻人陪着他，一脸倦怠的样子。高利贷商人一看见我，就向我走来。

"让娜，你应该回去！"

我断然拒绝。

"所有人都在外面！连艾米琳娜夫人也不例外！假如真是很危险的话，您就不会把您的外甥也带出来了！"

年轻男子笑了一下。和他舅舅一样的笑容，嘴角轻轻上扬，带点嘲讽的意味。

光亮和喊叫声越来越近了。一阵巨大的叫喊声从桥的方向传来：

"和平万岁！勃艮第公爵万岁！"

广场上的人群跟着喊起来。我也加入其中，因为我也想要和平。

就在此时，我忽然撞在了一个人身上，定睛一看，原来是玛丽，她正蹲着，想把斯冈佰特装进褡裢里。

"帮帮我。它差点被人踩死。"

叫喊声再次响起。第一批勃艮第士兵到了。他们的样子倒并没有特别凶恶。

女人们蜂拥向前。

"我们等你们等了好久！你们会带给我们面包的，对吗？"

此刻，他们处于饥饿状态，向专门为他们准备的啤酒、红酒和烤面包扑了上去。

人们七嘴八舌地评论着：

"想想看！他们在格勒奈尔平原上走了整整一夜。"

"他们差不多有一千人……来自于蓬图瓦兹，利斯勒·亚当阁下为他们的首领。"

广场上的人越聚越多。我在人群中看到了艾米琳娜夫人。在火光的映照下，她的面容显得美丽动人。她正在与一个男人亲切交谈，他又矮又胖，身上紧紧地绑着一套铠装。我捏了捏玛丽的胳膊。

"我敢打赌是他！"

"谁啊？"

"贝尔纳·德·圣永，她的丈夫。"

玛丽耸了耸肩。她才不在乎艾米琳娜夫人的丈夫是谁呢。

每一秒钟都有新的消息降临：

"他们遇到了夜间巡逻队！"

"一下子就被结果了！"

这话让我俩不寒而栗。

"难道已经有人死了吗，你觉得呢？"

"你别信他们说的。那些人信口开河，显得自己像英雄一样。其实昨天他们还在向巡逻的士兵点头哈腰呢！"

玛丽真是一个奇女子。其他人绝不敢说出这样的话。

叫喊声再次响起。

"去死吧！向英国人出卖祖国的阿马尼亚克人！"

这一次我闭嘴了。他们有点过头了！

我们前面有一位身着漂亮铠甲的男子，他站在一个酒桶上面，试图让场面安静下来。他应该就是利斯勒·亚当阁下。由于隔得太远，我听不清他的声音。

"好！好！去国王家！"人群在呼喊。

有个人吼了一句："贝尔纳·德·阿马尼亚克，咱们去把他剁成肉酱！"

有些人笑了，与此同时，一长队人朝着圣保罗饭店浩浩荡荡进发了。我也随着去了。我想见见国王。

大队人马到达则肋司定会修道院的时候，又有传言说："王太子被市长活捉了，现藏在圣安托尼的巴士底狱！"

人群中激起一阵埋怨声，有些人想即刻跑去监狱的堡垒，无论如何也要把他抓住，以免未来的国王最终落入阿马尼亚克人手中。

"太晚了，"其他人叫道，"他早都快马加鞭去万森讷了！"

抱怨声越来越大，人们已经摩拳擦掌，磨刀霍霍了。他们眼睁睁地看着王太子从眼皮底下溜走，这实在让人气愤难当。我还是不能安心。玛丽走在我身后好几米外，我本想窜到她身边去，却撞上了一个瘦高个。

"这条街上太多人了。"他咕哝道。

我感觉他很好笑。为了打开话题，我向他复述了刚听到的消息。

他漫不经心地回答我："阿马尼亚克人活捉了王太子；勃艮第人掌控了巴黎，抓住了老国王；英格兰人占领了诺曼底。谁能获胜？"

他露出一丝怀疑的笑容。直到此时，我才认出他就是皮埃尔·勒·弗拉芒的外甥！我们相互做了自我介绍。我向他讲述了我与他舅舅的相识过程。他也对舅舅充满感激。多亏了舅舅，他才能得到一个服饰用品店的职位，卖着漂亮的物品：刺绣的腰带，象牙梳子，金线编织的钱包……他很希望自己能够亲手制作这些物品，当然这是以后的规划。他有一个弟弟，正在一所学校学习认字。自从父亲去世后，他们就一直住在巴黎。

我们面前的人群忽然靠紧了。圣保罗饭店到了。我转过身去，玛丽不见了。勃艮第的士兵集结在院子里，由军官们控制着场面，以阻止他们践踏花园。

又过了好久，国王骑着马出现在利斯勒·亚当阁下身边。我用全身力气观察着他。他看起来就像是个将死的人：脸色苍白，目光空洞地扫过人群。只剩一副国王的空架子，他已经去向了另一个世界。为什么上帝要如此安排？

他们冲锋在前，带领大队人马前往卢浮宫。

我失去了跟随他们的勇气。我已经先后和玛丽以及皮埃尔·勒·弗拉芒的外甥雷诺走散了，人群的人数之多让我为之震惊。

回来之后，我才意识到自己错过了星期天的弥撒。一旦有机会，我一定要去教堂向圣母好好解释一番。而现在，我只想睡觉。

5月29日，日落之前

我的老天啊！艾米琳娜夫人一回来，就要求今晚饭店开张。

"我的孩子们，今晚将会是一个非比寻常的夜晚，"她宣布道，"全城都在狂欢。我要在门外立一桶酒。"

她郑重其事地向我们宣布，巴黎将重新恢复繁荣，我们付出的劳动终将得到回报。

我不太明白她此番话的意思，但假如她发善心赏赐我们几枚钱币，我们倒是很乐意接受的。

5月30日

　　昨天晚上真是我所经历过最不可思议、最难以忘怀的一晚。曾经经历过的卢维埃的星期天，家族婚宴，或者丰收时节苹果树下的舞会都根本无法与之相提并论……不能。我不知该如何描述。巨大的城市里，所有的脸庞上，每一个小细节中都洋溢着节日的气氛，有人喜极而泣，有人相拥而吻……厨师完全没有时间准备一顿完整的晚餐。饭店提供了奶酪、馅饼、面包师午后才烤出的新鲜面包、现烤的羊肉。客人们满面春风地走进来，肩并肩地吃着，与旁边的人碰杯，丝毫不在意后者是富商还是穷工，眉头也不皱就付了账，临走前还不忘与老板娘行贴面礼。艾米琳娜夫人比以往任何时候都光彩照人，招呼得不亦乐乎。她的丈夫贝尔纳·德·圣永也在此用晚餐。我认出了他，就是格列夫广场上那个站在她身边的胖男人。他在小包间内吃饭，为自己和他的客人们点了最好的食物。

"你看那些穿紧身短上衣，戴窄边软帽的老爷们！"卡特琳娜在为他们上菜时偷偷跟我说。

盛会在他们离开之后才真正达到高潮。

"各种价格的酒都有！"艾米琳娜夫人高声招呼着，"钱包多大就喝多少钱的酒。"

我们也看到了很多小人物，有圣维克托的抄写员，有菜市场的搬运工，有戴风帽的小商人，还有在餐桌上高谈阔论诗歌和宏大理论的大学生。在一片喧哗和哄笑声中，我几乎听不清点菜的声音。他们邀请我们喝酒、跳舞。盛大的法兰多拉舞一直从饭店延伸到塞纳河边。在这样混乱吵闹的队伍中，贝尔蒂尔德的软帽忽然掉了，当她的长发如瀑布般从肩膀上滑落时，所有的男人都为之而倾倒。

莫特勒里大街上，所有的街坊邻居都摆出桌椅设宴款待。每个十字路口，都有家禽商人烤了热腾腾的鸡肉和乳鸽肉，以供行人取用。

愉快的钟声时不时响起，似乎在向周围的村庄宣告着巴黎的欢腾。

午夜12点刚过，皮埃尔·勒·弗拉芒就来到了饭店，陪同他的还有他的外甥们和一个漂亮的女人，应该是他的姐姐了。

"已经没吃的了！"我走近他们的时候喊道。

"哎哟！"雷诺抚着肚子说，"我舅舅已经带着我走了好几个小时了，从一个集会到另一个集会，他向我保证说要请我上金胡须饭店大吃一顿呢！"

我不想让他们扫兴。在贮藏室搜寻了一番之后，我找出了十几个鸡蛋，有个厨房小学徒表示愿意做一顿芥末鸡蛋。

"这是我最喜欢的菜！"他用力摇着平底锅说道，"你看着吧，肯定让他们大快朵颐！"

看到我端着热气腾腾的菜肴和刚出炉的面包经过，艾米琳娜夫人把手搭在我的肩上。

"你不要跟他们收钱！"她低声说。

好想和她拥抱。她似乎也在这样想。这是一个多么神奇的夜晚！

挤在餐桌一角的四位客人称赞了我。

"来坐一坐吧，"皮埃尔·勒·弗拉芒说，"你已经站了两个晚上了。"

　　我去找了点饮料来，然后我们大家为和平、为变革、为生命、为友谊干杯。能有幸坐在巴黎最美的饭店之一，身边环绕着一张张光彩照人的脸庞……我不禁热泪盈眶。我在心底发誓，此时此刻，永生不忘。

　　片刻之后，我起身倒酒，雷诺陪我走到外面。在我往酒杯里倒酒的时候，他帮忙捉住酒杯。有两次他碰到了我的手，但我并不觉得他是故意的。

　　慢慢地，天空中紫色的部分一点一点向教堂街区方向扩散过去。行人越来越少，饭厅里的喧哗声渐渐消退，忽然间，疲惫感一下子砸在了我的肩膀上。

　　我们把空酒桶推到院子里。雷诺从小通道回到他舅舅家，而我，我都没想到自己居然有力气爬上阁楼。

五月最后一天

　　节日还在继续。我们从早到晚一直服侍客人吃喝。我肿胀的脚已经塞不进鞋里了，便从转烤肉叉的厨房小伙计那儿借了一双胶鞋，再垫了一些稻草进去，我终于又可以走路了。

佩里内·勒克莱尔每次从家里出来都能得到群众的热烈欢呼，他也正好趁此机会到处亮亮相。在星期六的深夜打开布齐城门的，正是此人。他的父亲是圣日耳曼区的警卫官，他趁父亲熟睡之时，从他的枕头下把钥匙偷了出来。他母亲什么也没听到，对此毫无察觉。这简直令人难以置信。假如当时他们两人中能有一人醒过来，今天的一切都将不同。

佩里内很可能因此壮举而收益颇丰。昨天晚上，当他停在金胡须饭店门口时，全身上下是一套崭新的行头。但我还是马上认出了他。他高谈阔论，不时有人向他敬酒。可是我对他全无好感。

6月1日

面对着疯狂传播的流言蜚语，大街上的碎嘴婆们简直不知该从何下嘴。两天以来，她们口中只有一个名字：贝尔纳·德·阿马尼亚克。因为他藏身在巴黎某处，到现在都没人找得到。宣读公告的差役刚刚来过，宣布说，只要有人提供线索，就会有赏。

贝尔纳·德·阿马尼亚克！一个曾经用铁拳镇压着整座城的人物，如今却像老鼠一样躲在地洞里。他们一定会把他捉出来的。在遥远的卢维埃，不知他们是否听说了这些剧变？我的父母又是怎么想的呢？母亲肯定很忧心，而我，却不能给予她任何慰藉。

6月3日

关于狂欢，巴黎人终于过足了瘾。渐渐地，一切归于平静，我们终于可以早点睡觉了。

今早玛丽带来了一篮小樱桃，被艾米琳娜夫人以高价买下了。她脸色苍白，眼圈黑黑的。我把她带到厨房，给她找了一块牛奶杏仁冻糕，她三口两口就吞了下去。斯冈佰特只有舔舔盘子的份。

外面阳光普照，我们来到洗衣房旁边，她终于开了口：一直以来，她的奶奶从库唐斯教区主教让·德·马尔勒阁下那里领取面包和汤，他在巴黎有一家豪华的饭店。上星期天，主教被抓入狱，家里人也被驱散了。他属于阿马尼亚克阵营。从此，玛丽家的食品柜就空了。她奶奶就开始在则肋司定会修士们的家门口乞讨了……

我一边听着，一边抚摸着斯冈佰特的耳朵。她继续道："今天一早上我都在抱着花到处跑。可是路人们看都不看我一眼！樱桃的卖价是不错，可惜季节太短。"

"我可以给你钱。"

"不要！我没办法还你。"

我坚持要给，她死活不依。也罢！反正我要尽早赶到皮埃尔·勒·弗拉芒家去。

6月4日

他们找到他了！他就像一只老鼠一样藏在一所空荡荡的房子里。他们把他押到了王宫的监狱。利斯勒·亚当阁下终于松了一口气。当他被贝尔纳·德·圣永请来饭店吃饭时，他们与同桌进餐的人用了很长的时间庆祝这场漂亮的抓捕。现在他们只等

勃艮第公爵前来决定俘虏的命运了。

就在这些先生们用餐的时候，我仔细地观察了艾米琳娜夫人的脸。她没有透露出任何情绪。丝毫没有因为她丈夫在场就显得格外高兴或者尴尬，至于她丈夫，一吃完饭就动身离开了。

我一边把盘子摞起来堆到洗碗池旁边，一边听着厨房里的闲言碎语：饭店是属于艾米琳娜夫人的。她是这里的老板。而她的丈夫，则拥有数不清的肉铺，分布在教堂区、圣埃卢瓦，甚至圣马赛尔。他比她更有钱，而且他是通过雇佣其他人来赚钱，好比剥皮的、卖下水的工人，以及各种廉价劳动力。

尽管物价不断攀升，他依然丰衣足食。

6月6日

皮埃尔·勒·弗拉芒坐在桌前，面前摊着他的账本。

"请坐，让娜。你看到了，有些人结束了逃亡生活，希望收回他们的财产；还有些人要逃，想装满钱包再走。"

借着他做账的空当，我休息了一会儿。他在计算商店的收营。

"你说吧，我听着。"

我有好几个问题想要问他。首先是关于给我父母的那封信。他知道该把信托付给谁才能寄到卢维埃呢？他的脸一下子变得严肃起来。

"让娜，假如我现在不告诉你，就只能由别人告诉你，到时候你会记恨我的。英国人在攻打卢维埃，多亏了坚固的城墙，整座城还在顽强地抵抗。我所知道的就这么多。"

英国人打到卢维埃了！我马上想到妈妈。她一定吓死了。

"你的父母可能已经躲起来了。"

"躲到哪儿呢？接下来就轮到鲁昂了，您很清楚的！再接下来，他们是不是就要打到巴黎了？"

我替他们担心，也替自己担心。我受够了整天担惊受怕的日子！到底要怎样做才能不过这样惶惶不可终日的生活？

他试图想要安慰我。

"让娜，我会尽力，但你也要有耐心。目前最重要的就是能有吃的，还要有坚强的意志。"

坚强的意志。没错。这话既说给他们，也说给我自己。我又打起了精神。

"我还想来取点钱。卖花姑娘玛丽和她祖母都快活不下去了……"

我说得太多了。我至今清楚地记得他是如何严厉地将我打断："你母亲把戒指留给你，不是为了让你养活巴黎的穷人！"

艾米琳娜夫人最近的日子也很不好过。唉，这两个人还真是天生一对！我可真傻！我应该要借口买东西的，比如买纸啊，买裙子啊……这样他就会同意了。

我坚持要取。不管怎么说，这是我的钱！可即使我暴跳如雷，还是没用。

"小傻瓜！你父母不在身边，所以我不能眼睁睁看着你进火坑。"

我气愤得无法自持。我说我要去告法官。他做了个遗憾的鬼脸。

"我可怜的孩子，法官早都逃走了。巴黎没人管了！"

我疲惫不堪地离开了。我恨他。我当初真不该信任他的。我怨天怨地，怨天堂里的神灵，甚至怨圣母。

回到这里，我提起笔。写字让我平静了下来。

求求您了，我的好圣母，请您保护卢维埃吧。不要让英国人侵占我的家乡！钱上面我会想办法的。我只需一个好点子，请给我指点吧。

啊！假如她能回答我就好了！

6月7日

虽然天窗是打开的，屋里还是很闷，街上的腐臭味一直飘到阁楼上来。我祈求上天下一场暴雨把那堆积在沟渠里的招引苍蝇和狗的垃圾统统冲走。从今天早上开始，我心情就一直很差。叠桌布的时候还把一个指甲盖折断了。卡特琳娜怪我动作太粗暴。尽管她批评得对，可是一切并无好转。

假如雷诺或者玛丽来看我就好了！不，他们一定有更重要的事要做。我感觉自己被抛弃了，贝尔蒂尔德不停地重复着她那些老掉牙的故事：我爱他，他跟我说了什么，他为我做了什么，我跟他说了什么……

贝尔蒂尔德和斯冈佰特很像。吃饭。睡觉。恋爱。一颗简单的心。

可是我的心为什么会这么复杂？

6月8日

卡特琳娜遇到了在洗衣房边觅食的斯冈佰特。我们喂了它一碗汤。它挨饿的事实说明它和玛丽走失了。我到处找她，圣善小教堂的台阶上，圣梅里大教堂周围，甚至圣保罗饭店附近。都不在。这让我不由得担心。我很清楚，就算玛丽什么都做得出来，但绝对不可能抛弃自己的狗。那她为什么没来找它呢？一定是没办法找。她可能生病了。怎么才能帮得到她呢？我居然都不知道她住在哪儿！我急得团团转，却无能为力。一边是玛丽，一边是爸爸和妈妈……也难怪我的心会如此沉重。

午后

教堂里面很凉快。我靠在一根柱子上慢慢地写着字，同时当心不把墨水掉在裙子上。外面日头很足，洗了的衣服日落之前就会干了。饭店里的客人没那么多了，饭菜也简单些了。粮食的供应成了一个令人头疼的大问题。城墙外的阿马尼亚克人毫无顾忌地打劫运货车，跟勃艮第人曾经的行径一模一样。

艾米琳娜夫人和皮埃尔·勒·弗拉芒曾预言说好日子要回来了，看来他们大错特错。面包的价格高得吓人，勃艮第公爵至今未宣布到来。整座城市陷入一种黏黏的混沌状态中。巴黎人在等待……可是等待什么呢？

教堂被占满了。所有人都是来这儿乘凉的。一个妈妈正在给小孩喂奶，一位老婆婆踮起脚尖亲吻着圣母像。她会不会是玛丽的奶奶呢？让娜，清醒点吧！

请不要看到一位老奶奶就把她想象成是玛丽的奶奶。

可是，那位站在圣克里斯托夫旁边点蜡烛的年轻人……这回我不会认错，那长长的身影像极了雷诺。

晚上

他看到我的时候，并没有转过身来。他双眼噙着泪。

"在教堂里哭，"他喃喃道，"比在外面哭容易。"

我有些尴尬，便和他跪在了一起。

"是因为我的父亲。自从他去世以后，生活变得一团糟。我母亲久久不能平复。她想回到卢瓦河边去。那是我们的家乡。一个美丽的地方，你知道的……"

我们谈了很久，关于我们的生活，和我们所爱的人。

我们走出去的时候，天气依旧酷热。台阶上仍然不见玛丽。雷诺答应我通知他舅舅。斯冈佰特今晚睡在洗衣房里。我把烟囱旁边的小百叶窗仔仔细细地关起来，这样它就跑不出去了。万一艾米琳娜夫人发现了它，我已做好最坏的打算。今晚她火气特别大。勃艮第人的回归未能实现，这对她来说是个巨大的失败。

6月9日

雷诺一大早就和他舅舅过来了。皮埃尔·勒·弗拉芒把我叫到小包间去，他告诉我玛丽被关进大城堡监狱了。侍卫发现她正在国王的花园里偷菜，就当场把她抓了起来。

我直直地盯着他的双眼。

"这一切的发生，都是因为您。"

他的额头中间出现一道深深的竖纹。

"她在国王的花园里干什么？"

"她拿的是属于她父亲的那一部分！他是个园丁。其他的侍卫都跟玛丽很熟，都允许她这样做。你们勃艮第人是不是也应该像往常一样，表现得大度些啊！"

我故意夸张了一点。其实我根本不确定她是不是有权利拿那些蔬菜，但她确实是没得吃了，他是知道的。他疲惫地站起身。

"我去一趟大城堡。那儿有我认识的人，我看看能做些什么吧。你刚才说的也许能帮到她。"

艾米琳娜夫人进来了。

"我们会尽力，让人好点对待她。"

好点对待她！在大城堡监狱？我后脊背都凉了。我说："我也要去。"

"不行！"

他们齐声道。没有回旋的余地。干吗要鸡蛋碰石头呢？胳膊是扭不过大腿的。再说了，现在最要紧的就是先救出玛丽。于是我简单地回答了一句："也好，我负责看好狗。它在洗衣房里。"

艾米琳娜夫人什么都没说。我就当她是默许了。

6月10日，清晨

老天爷啊，请结束这一连串的不幸吧。巴黎真是

96

一座被诅咒的城！贝尔纳·德·圣永昨晚死了。守卫士兵发现他被人用匕首捅死在奶牛箱大街。整个街区都为之震惊。是不是哪个留在城里的阿马尼亚克人下的黑手？还是有人为了报私仇？又或者是经济纠纷？德·圣永家的财富的确会让人眼红……没有人知道实情，但大家都在议论纷纷。假如艾米琳娜夫人确实并不悲伤，他的死就不会如此触动我心了。此刻她的心里是怎么想的？还有皮埃尔·勒·弗拉芒，他又在想些什么？

今天我只求一件事，就是希望他不要忘记去大城堡。

片刻之后

雷诺来给了我安慰：玛丽没有被虐待。他舅舅见到了她，认为她很快就能出来了。哎哟！我跑去洗衣房，把这个好消息吹进了斯冈佰特白色的耳朵里。

雷诺没多作停留。贝尔纳·德·圣永的死在他的家族里引起了巨大的震动。

"你知道吗，"他临走的时候说，"我舅舅觉得你是一个很棒的小女人。这是他的原话。"

我假装傲气地接受了这句恭维，虽然我什么都没回答，可是只要一想到这句话，就情不自禁地脸红了。

午后

饭店因丧事暂停营业。我们没事可做。外面的人们怨声载道，炎热的天气也成了抱怨的对象。我好想洗个澡。假如能去游个泳那就太棒了，就像我们在卢维埃常做的那样。而在这里，塞纳河因为积垢太多而泛灰，无数的污浊之物在里面漂荡。趁艾米琳娜夫人不在，我要跳进洗衣房的水桶里去。贝尔蒂尔德也会跟着我来。我要帮她洗头发。之后只要斯冈佰特听我的话，我就带它出去遛遛。

爸爸和妈妈，我想你们。你们要在城墙后面努力坚持住啊。

6月11日，星期六

艾米琳娜夫人带领送葬队伍行进。她布满皱纹的脸被寡妇头巾包裹，整个人被沉重地压着，因而显得身形更加庞大。她前面是花钱请来的哭丧队伍，他们围在棺材周围，头戴黑风帽。

她的眼睛湿漉漉的。毒舌卡特琳娜悄悄告诉我们，她看见夫人往手绢里挤了洋葱汁。但我想这不是真的。

我们其他的人——饭店的人，街区的人，圣永家的人，勒·弗拉芒家的人，肉店老板和小伙计们，勃艮第的朋友们，来自蓬图瓦兹的人，还有查尔特勒修会和天主教方济各会的修士……都跟在她后面走。跟随着我们朝无罪者公墓行进的脚步，越来越多的人加入了队伍。一路上，大家神情凝重。人们挥起的拳头并不针对死者，而是在向"酿成这惨剧的叛徒"进行抗议。然而我并不觉得贝尔纳·德·圣永是个受人爱戴的人物；行进的队伍中，很少有人流露出哀伤的情绪。在公墓，气氛就更加沉重了。人们三五成群地走来走去，长时间地交谈。一个叫朗贝尔的陶瓷商人在群情激奋的队伍面前进行了一番激烈的演讲，接下来，有些人预告勃艮第公爵的到来，还有些人宣称阿马尼亚克人即将反击。

我们回到饭店之后，艾米琳娜夫人招待她的朋友们吃了点心。

皮埃尔·勒·弗拉芒没多作停留，屠夫们也早早回去了。由于街上越来越高的喧哗声，每个人都在匆匆忙忙往家赶。

暮色降临

艾米琳娜夫人刚刚从这里走出去。这是她破天荒头一次上来阁楼！她没戴那条可怕的寡妇头巾，而是戴了一顶简单的软帽。她用坚定的声音向我们宣布道：

"任何人都不准离开这里。一群暴民正朝着王宫监狱方向行进……他们恨的是贝尔纳·德·阿马尼亚克。

只要抓住他，人潮就会散去。途经之处，住户也会受到攻击。饭店被它的名气所佑护……不过为了安全起见，我还是让人在门后抵了一根粗杆。所以，在这里你们是安全的。但要是在外面，我就不敢保证了。"

我们吓死了，拼命地点头，一动都不敢动。从天窗传来疾跑和马匹奔驰的声音，怒骂声和呼救声。我用手堵住耳朵，试图用这种方式消除噪音。幸亏玛丽被关在王宫监狱，但我还是害怕。

6月12日，星期天

巴黎人就是些嗜血的禽兽。我无法再直视他们中任何一张脸。就在昨天晚上，玛丽被他们害死了，和其他几百个无辜的人一起死了。

他们先是去了王宫监狱，杀掉了贝尔纳·德·阿马尼亚克以及与他关在一起的同党首领。这本应该就此熄灭他们的怒火，可是没有！接下来他们又跑去小城堡监狱，对着囚犯大开杀戒。还剩下大城堡监狱，也同样未能幸免。这还不算他们一路上无缘无故杀掉的那些无辜可怜人，还有他们从床上揪起来的那些人。要是遇上富人，怪他们是富人；遇上了老人，正好趁其无还手之力；遇上了年轻姑娘，则怪她们长得太漂亮，看着碍眼。

所有这些都可以成为他们打、砸、杀、掠的理由。这座城就像它的国王一样：它失去了理智。就像一头凶恶的狼，嘶吼着，吞噬着。

凌晨一点

我睡不着。我下楼走进厨房，点亮蜡烛，坐在小包间内。斯冈佰特被我从洗衣房里放了出来，现在就睡在桌子下面，帮我暖着脚。

我尽量温柔地对它。然后我蘸上墨水，铺平信纸，开始提笔写字。我想讲讲后来是怎么见着玛丽的，以及她的遭遇。

早上天刚亮，雷诺就跑来找我了。他舅舅已经得知监狱被袭击的消息。我们三个人向大城堡方向走去。囚犯们为了自我防卫，向袭击者扔石块；暴怒的袭击者立刻进行反击，在塔楼底部点了一场大火。烟雾一直弥漫到上面的囚室，囚犯们很快就喘不上气了。热浪开始让人无法忍受。为了呼吸到空气，有些人从窗口跳了下来，玛丽就是其中之一。当我们赶到的时候，她尚有呼吸。皮埃尔·勒·弗拉芒认识的那个剃须匠俯身看着她。

"有人受苦的地方总少不了她！"雷诺喃喃道。

"我无能为力，"他一边抬起身一边说，"她全身都摔断了。"

玛丽面色蜡黄，胸口微微有气息。

"她很痛吗？"

"我没办法给她止痛……她已经不能喝水了。"

我用比对婴儿还温柔的方式抚摸着她的额头。

"玛丽，我们善良的圣母正把你抱在怀中……你感觉到有多甜蜜了吗？我的小妹妹安娜会在那里迎接你的……你不会有事的……"

我知道她已经听不见了。她已经启程前往那个我们未知的国度了。我还在继续低低地说些温柔的话。雷诺本想找一条被子来给她取暖的，可惜太迟了。剃须匠告诉我们，一切都结束了，她走了。在雷诺的帮助下，他用一条白床单把她包了起来。

我们把她放到皮埃尔·勒·弗拉芒家，因为没人知道她住哪里，然后我们为她守夜。我长时间地注视着她的脸，想永远记住她的样子，她宽阔的额头，不再微笑的嘴巴，如此苍白的双手，以及它们乖乖交叉在胸口的样子。皮埃尔·勒·弗拉芒的姐姐弗朗索瓦兹·勒泰利埃为她清洗了身子，换上干净衣服。她没让我帮忙。我们在床周围点了蜡烛。卡特琳娜和贝尔蒂尔德，厨房的小伙计们，甚至连艾米琳娜夫人都来了，她还和我们一起跪了一会儿。身边这群体贴又可爱的人让我心中倍感温暖，我们就像一家人一样。而你，玛丽，你就是我的姐妹，一个已经远去的姐妹。

6月13日，星期一

玛丽下葬了。我没去墓地，我没有勇气看她被放进墓穴中。我更愿意去摘花。我用毛茛和大蔷薇花做了两束花，一束献给她，放在圣善大教堂；另一束摆在饭店小包间的桌子上。

6月14日，黎明前

我怎么都睡不着。高处太热了，女孩儿们不停地在床上翻来滚去。我下楼走进小包间。突然，一个肥胖的身影出现在门框内，是身穿睡衣、头发散落在肩膀上的艾米琳娜夫人。

"让娜！你每天晚上都写？怪不得你总是跟我要蜡烛！"

"不是的，艾米琳娜夫人，不是每天晚上，只是玛丽死后的这几天。"

她坐在我对面的长凳上。

"这场骚乱带给我们无尽的伤害！昨天，他们又抬着贝尔纳·德·阿马尼亚克的尸体在街上游行……我怀疑自己是不是有能力永远保护你们。"

尽管穿着睡衣，她看起来还是足够有威慑力。我努力了很久，终于告诉她我想离开，我感谢她收留我。

她皱起眉毛。

"离开？别说傻话了，让娜！回诺曼底是不可能的。没有我的允许，你不可以离开这里。"

她站起身，无意碰到了斯冈佰特，它咕哝了几声。

"不要把它带上阁楼啊？"

我点点头。

感谢您为我做的一切，艾米琳娜夫人。您真是一只披着狼皮的小羊。

6月15日

终于下雨了！从清晨开始，落下的绵绵细雨洗去了灰尘，冲刷了血迹和汗渍，让狂热的心慢慢冷静了下来。

巴黎人似乎从一场噩梦当中清醒了过来。玩腻了斧头和刀之后，他们找出扫帚，趁着下雨把自家门前好好清扫一番。看到眼前的劳动者，我不禁想知道这其中究竟哪些人参与过上周六的暴动和抢劫。

莫特勒里大街上的街坊们租了一辆手推车，把垃

圾运往圣奥诺雷城门附近的普尔索牧场。我们的饭店
也在进行大扫除。我们往小推车里装满了破草褥，摔
破的餐具，以及一罐要交给蜡烛制造商的哈喇的油。

艾米琳娜夫人一副寡妇的打扮，看起来非常严
厉。她往我们肩上堆了各种各样的活计。男孩们得对
厨房进行大清洗，而我们女孩子则负责把一切反光的
物品都擦亮。院子，贮藏室，阁楼，各处都不能有丝
毫马虎，今天晚上我们肯定得跪着走路了。之前让我
们白吃了三天却什么都没干，艾米琳娜夫人恨死了。
原来的她又复活了。

6月16日

饭店里的人都说玛丽的奶奶根本不存在，只有我
才傻乎乎地相信她说的话。

给我当头一棒的正是卡特琳娜。似乎人们对于祖
母缺席葬礼这件事颇感兴趣。我备受打击。直到今天
早上，我从没怀疑过玛丽所说的任何一个字。可是现
在，我开始打问号了。我想要知道真相。

晚上

我去了圣保罗饭店。在门口的时候我小心翼翼地踱着步。守卫们在掷骰子喝酒，没准逮捕玛丽的就是他们？他们穿着紧身的皮革外套，样子很是傲慢，似乎并不想被打扰。我只好撤了。我还会再来。

6月17日

今天中午我又去了。我一下子就认出了那天清早我们看到的那名守卫。他正在站岗，可能其他人都在里面。我得抓紧了，我拿出事先准备好的一束花，向他递上。

"这是给您母亲的。"

他把手放在胸口，以示感谢。

"您还记得以前常送您花的那个小姑娘吗？"

他点了点头。

"我在找她祖母的住处。"

他做了一个含义未明的手势，然后结结巴巴地蹦出几个词："她的祖母，不清楚，但是小女孩，我倒是知道的。"

我的心跳得很急促，估计从国王的寝宫都听得到。

"她住哪里？"

"住在石膏大街……一座废弃的房子……她和其他一些跟她一样的人住在一起，都是些流浪汉！"

我咬紧嘴唇。饭店的人说得没错，皮埃尔·勒·弗拉芒是对的。玛丽就是一个没奶奶、没家的流浪女。知道这些就足够了。我谢了守卫，临走时，我又多问了一句："她的父亲曾在这里工作过吗？"

他耸了耸肩膀。

"可能吧，很久以前。我不记得了。"

回去的路上，我看着一路小跑的斯冈佰特，它才不在乎要不要知道真相呢。其实我也一样，我并不在乎究竟玛丽是不是为了让自己更像一个正常的小女孩，而不是一个遭人白眼的穷鬼才编造出一个奶奶。

我先右拐向圣梅里方向走去，再左拐。我在犹豫要不要走进饭店。又要听卡特琳娜说长道短吗？还是算了吧！我转身去了皮埃尔·勒·弗拉芒家，然后坐在门外的长椅上等，没敢敲门。第一个出来的是雷诺。他走过来坐在我身边。

"你知道吗，玛丽是个流浪女？"

他并没露出惊讶的神情。

"我刚才调查过了，她并没有为她煮汤的奶奶，至于她的父亲，到底会不会如她所说是一个超级厉害的园丁，我就更不知道了。"

"你很在意这件事吗？"

"我最在意的是，她居然对我也讲了这个故事。"

"让娜，别再折磨自己了！"身后传来一个女人轻柔的责备声。

雷诺的母亲走了出来，手中的托盘上放着两个金黄的面包。

她冲我微笑着。

"你看，我找到了一袋面粉。皮埃尔的贮藏室里有好多宝贝！我刚烤了面包，你们俩要吃吗？配点蜂蜜？”

我说：“好的，谢谢。”于是我们坐在长椅上，晒着太阳，吃了起来。我把手指都伸进罐子里去了。真好吃。

回去之后，我待在井旁边，洗明天要用来煮汤和凉拌的绿色蔬菜。直到晚饭前都没人来打扰我。

6月18日

最终还是闯祸了！斯冈佰特睡在了一个装着刚刚洗干净、叠整齐的衣服的篮子里。卡特琳娜气疯了，向艾米琳娜夫人打了报告。我保证会重洗一遍的，但是这条小狗还会闯其他的祸！所以我必须要么把它送走，要么和它一起走。在此期间，它被我拴在贮藏室里，它很不高兴。

晚间

饭店又恢复营业了。艾米琳娜夫人穿着一身丧服，沉着无比地像从前一样接待客人。来的人可真多

啊！第一批客人里有邻居，有亲戚，有衣着光鲜的
屠夫们，他们一个个关切又热情，殷勤地想要提供帮
助。她一并致谢，随时随地提醒着她丈夫从来都不是
金胡须主人的事实。

看多了他们的伎俩之后，我终于明白了：艾米琳
娜夫人从今往后就是一个没有小孩的富寡妇，只要守
丧期一结束，她就可以选择一个绝佳的配偶，而且她
已经有很多追求者了。

我遇到了端着一盘藏红花粉炖蚕豆的贝尔蒂尔德。

"你看到了吧，他们在她身边那个谄媚的样儿！"

她笑了。

"比蝗虫还可怕。看谁笑到最后。"

他们就慢慢等吧，这群傻瓜。艾米琳娜夫人早已
选定了，这点我敢肯定。只是她的意中人来得晚了一
点而已……事实上，勒·弗拉芒一家很快就到了，此
时，每个人的脸都在烛光的映照之下显得格外美丽。
弗朗索瓦兹·勒泰利埃拥抱了艾米琳娜夫人，她和他
们一起挨着桌子坐了下来。

雷诺的弟弟马丁还没等到吃晚饭就跑到院子里和斯

冈佰特玩了起来。我去贮藏室取罐子的时候，看到他们在相互嬉闹。小狗追着一根小棍跳啊跳，男孩笑开了怀。

"马丁好长时间都没这么开心地笑过了，"弗朗索瓦兹评论道，"我从这儿都听到了！"

"他和斯冈佰特玩得真开心。他有了一个好伙伴。"我一边说一边把一壶新鲜的酒放在桌上。

晚饭快结束的时候，他们把我叫了过去。

"坐吧，让娜。"皮埃尔·勒·弗拉芒说。

他们表情严肃，我忽然觉得特别不安。

皮埃尔·勒·弗拉芒首先开了腔：

"让娜，我姐姐和她的儿子们决定离开。他们要回到卢瓦河谷去，在图尔旁边有他们的家。我们都觉得马丁会很乐意带上你养的那只小狗回去，再说它留在这儿很不方便。你是怎么想的？"

我想我的脸头一次没有发红，而是发白。

一个个词在我脑中碰撞：他们的家，离开，狗和马丁……

那我呢？没有了玛丽，没有了雷诺，没有了斯冈佰特，还远离父母……他们可曾想到我？

他们看着我。我的眼睛生疼。我说，我是不会把小狗交出去的，我还说，我想和他们一起走。

我一说完就立刻站了起来，马上继续工作，但不再为他们那桌服务。于是贝尔蒂尔德为他们端上了樱桃。

临走时，雷诺轻轻地进来向我道了晚安。

我挤出一丝笑容，而他小心地将粘在我额头上的一小缕头发整理到软帽下面。

6月19日，星期天

我去参加了最早的一场弥撒，目的是不要遇上任何人，尤其是勒·弗拉芒一家。我昨天的态度肯定让他们感到困惑，但我更愿意等待他们的答复，而不是主动去找他们。做完礼拜之后，我带上斯冈佰特沿着塞纳河边散步。我喜欢这条静静流向大海的河。雷诺说卢瓦河则更加多变和危险。他口中所描绘的家乡真美好啊！我真的好想去看看。不久以后，我和斯冈佰特有没有可能面对着波光粼粼的水面和金黄色的沙滩呢？还是说我会从这场美梦中跌落下来？假如他们不想要我，我也许应该放斯冈佰特走，这样它就可以自由自在地欢跳了。可是假如玛丽看到我将它抛弃，她又会怎么说？

6月20日

就在刚才，在一天工作结束以后，弗朗索瓦兹·勒泰利埃叫我过去。我平生第一次来到了皮埃尔·勒·弗拉芒位于商店上方的家中。这是一间漂亮的屋子，靠着墙面的橱上摆的全是书和珍贵的花瓶。

屋里只有她一个人。

"过来坐下，让娜。你知道吗，我从星期六就开始思考，我认为那天我们那样向你交代事情的方式非常欠妥。"

我早料到她会给我一个答案，我尽量平静地呼吸，以便把压在心头导致我无法呼吸的结冲开。她讲了她的房子，她的儿子们，以及她的丈夫和他所拥有的船……她说得越多，我越发感觉答案是不。突然，我清楚地听到她说："事实上，你跟我们一起走，这是个不错的主意。"

我当时肯定惊讶得张大了嘴。她握住我的手。

"可是你知道你会离父母更远了吗？"

我说，知道。我之前也深思熟虑过。可是因为回卢维埃已经不可能了，而巴黎对我来说已变得无比糟糕，所以倒不如去个战争还没将人心腐蚀的地方。更何况这是个善良宽容的家庭，我很确信。

然后我们谈到了村庄、葡萄和河流。我已经想象着自己和斯冈佰特在金色的阳光下奔跑。然而我还记得弗朗索瓦兹说过的最温暖的话，就是：因为她没有女儿，所以她很高兴能够每天早上跟我说早安。听到这样的话，真让人有冲动用原来两倍的力气去热爱生活！

"那艾米琳娜夫人呢？"我走的时候问道，"我得征求她的同意。"

"别担心，皮埃尔会安排好的。"

她机灵地笑了，我也是。只需一个眼神，我们就彼此心领神会了。我相信自己会和她和睦相处的。

6月21日

出发的日子定在星期四。

虽然我将看不到格列夫码头上的圣约翰之火了，但一点也不遗憾。巴黎人刚刚才埋葬了那些死去的人，就已经准备好在大城堡脚下跳舞了，好像什么都不曾发生一样。这一切都让我极度反感，我受够了这些戏剧性的变化。

临走之前，我要去买纸、墨水和笔。因此，我得先去取钱。

晚饭后

自从贝尔纳·德·圣永去世之后，两家院子之间的通道就再也没关过。从一家自由穿行到另一家的不再只有斯冈佰特一个。我站在洗衣房的漂洗池前，看到皮埃尔·勒·弗拉芒走了过来。

"我是来找你的，让娜，"他说，"因为你好像在生我的气。我们还有账没结清，对吗？"

两天以来我都在想这件事。事实上，我们的账早已结清。我无法赎回戒指，因为它现在价值40苏；所以我要带走31个苏，戒指就抵押在他那里。

"我会一直珍藏着它，"他宣布道，"多久都可以。到我去世的那一天，我会申明它归你所有。"

他的声音非常激动。

"谢谢您，"我说，"多亏了您，我才有了这段美好的生活。"

他又露出那奇怪却再合适他不过的微笑，回答说，我将会在每个人心中都留下一段美好的回忆。

我紧紧地握住他的手。临走那一天，我会带着他送给我的这份精彩的礼物离开。

6月22日

一切都准备好了。我们明早天一亮就走。这是我在阁楼的最后一晚。我仔细地将这些纸张卷起，包好，现已成了一个厚厚的包裹。晚饭后，我拥抱了这里的每一个人，直到此刻，我还在为他们对我表现出的情谊所深深地感动。

厨师长在我脸颊两边各落了一个大吻；转烤肉旋转铁叉的小伙子为斯冈佰特准备了一根骨头；卡特琳娜给了我一小块香皂。

"这是巴黎最好的，"她悄悄地说，"你要去的那地方肯定没有这么好的东西！"

让我无法忘怀的是贝尔蒂尔德，她把她镜子的一半给了我。

"这是为了让你确认，你变成了一个漂亮姑娘。"她说。

这是真的吗？从她嘴里说到的赞美简直和金子一样珍贵。我也祝她和她的爱人生活幸福，并生出和她一样可爱的宝宝。

艾米琳娜夫人往桌上放了一个包裹，里面是一条裙子和一双结实的鞋。

"有了这个你走路方便，人也体面。"她宣布道。

她提醒我说，我即将在王太子的领地上定居，距离他的城堡只有几古里路。房间里的人都鼓起掌来，她又低低地说："只有上帝才知道我们能不能再会。"

哦,艾米琳娜夫人!您真的确定只有上帝才知道吗?难道您没有机会来卢瓦河畔拜访您新丈夫的家人吗?

我意味深长地笑了一下,小小地向她鞠了一躬,没敢上前拥抱她。

"皮埃尔·勒·弗拉芒会带给你们大家我的消息,"我上楼之前说,"谢天谢地,巴黎和图莱纳地区之间的路还没被完全切断!"

此刻我有点难过,不过只有一点而已。正如雷诺所说,明天我就要去往一块金黄色的美丽土地,一块没有战争的土地。

6月23日

弗朗索瓦兹(她希望我这么叫她!)租了两匹马。一匹给她和深谙骑术的雷诺,另一匹给马丁和我这两个不那么熟练的骑手。幸运的是,我们的这匹马可以适应我们所有笨拙的动作,稳健地跟随着它的同

伴。在我们的身后跟着一匹母骡子，驮着我们和吉贝尔的行李，吉贝尔是皮埃尔·勒·弗拉芒给我们找的仆人，因为他不想他姐姐单独一人和我们三人上路。另外，我们渐渐追上了一群显贵人物，他们应该来自最高法院，朝着普瓦捷方向去，假如我们遇到危险，他们会助我们一臂之力。他们告诉我们不用担心，向南的路上来来往往行人很多，只有少数立志和英国人斗个你死我活的阿马尼亚克帮派会偶尔出没。

所以我们没什么好怕的了，气氛也顿时轻松了许多，而且天公作美，晴空万里。我时不时跳下马活动活动脊背，或者去追赶撒开性子的斯冈佰特。中午的时候，我们坐在树荫下吃饭，空气中飘荡着甘草和牛粪的味道。在经历了巴黎的腐臭之后，这一切是多么美妙啊！

自从我们上路之后，雷诺就和我保持着距离，可是我还是时常想起那天晚上他放在我额头上的那只手。这次我必须承认他是故意那样做的！忽然成了家庭里的一员，这个转变还真不容易适应呢，尤其还要面对着这个不是自己哥哥的大小伙子，我也不知道对于我，他会有什么样的期待。

6月25日

我们在离杜尔当几古里的小村子里庆祝了圣约翰节。这里盛产陶器，却饱受蚊虫侵袭。幸好夜里大部分时间有火光和烟雾让它们无法靠近！可是这些坏东西却在拂晓前趁我们熟睡时展开了报复。

我醒来时一只眼皮是肿的，这真是再糟糕不过了！不论我怎么努力说尽好话，贝尔蒂尔德的小镜子就是不给我展现一个光彩照人的公主形象。我只好耐心地等……

6月26日

我只能趁最后一点天光赶快记上几笔。这里没有蜡烛，我们今晚睡在一个谷仓里，弗朗索瓦兹还拒绝了一位老农妇的床铺。她做得很对。睡在一张散发夏天阳光味道的干草垫上，总比躺在一张脏兮兮的床上听着旁边女主人打鼾的声音要好！

今天早上，先前为我们做向导的那群人被我们跟丢了。在一个路口，他们可能从左边走了，而我们却选择了右边，因此我们离夏特勒大路越来越远。在这个平淡无奇、处处相似，连平原上转动的风车的齿轮都一模一样的地方来来回回走了好多遍之后，我们终于找到了这个小村庄。明天，我们要找人帮忙指路。

6月27日，清晨

昨天晚上动荡了一夜。被我拴在柱子上的斯冈佰特不停地呻吟，又跳又抓，直到我把它放开才安静下来。它到处乱闻，村里面的狗一直追着它到这里。我们突然被它们打架的声音惊醒。我听到了斯冈佰特的尖叫声！雷诺前来帮我用棍子把这些高大的看门犬赶走。经过这么一折腾，没人还睡得着。天亮了，一个农夫气呼呼地跑来向我们索要赔偿，因为他的狗被我们打跛了，当然这只是他的一家之言。他还说这是一只即将出售的漂亮猎犬……我一个字都不信，可是弗朗索瓦兹却同意给他一块钱。

这男人嘴里骂骂咧咧地走了。我们要赶紧撤，免得他再回来。

接近中午

我们才从谷仓逃开，就看到一队村民横在路中央。他们手持镰刀和短粗木棍，丝毫没有要商量的意思。他们前面站着那个农夫，他要求更多的赔偿。他们贪婪地盯着我们的马和骡子背上驮着的包裹，可是瘦弱的吉贝尔完全没有力量保护我们。

雷诺突然掉头。我们也赶紧照做。可是太迟了！另外一伙人把路的另一边也堵住了。我们被他们包围了！

我看着弗朗索瓦兹。她一动不动，不知如何抉择。假如快马冲向他们，无疑会遭到棍棒和镰刀锋利刀刃的袭击。而这样一动不动，其实就是希望他们能在抢劫之余手下留情，不要将我们切成碎块……和他哥哥一样，马丁紧紧握住缰绳随时准备出击。两伙人一言不发地慢慢靠近。他们已当我们是瓮中之鳖，他们的沉默让人胆寒。我内心大声地呼喊着："不，不，不！"眼前迅速闪过父母、安娜和玛丽的脸……不，我既不想死，也不想被打或被抢，统统不要！

正在这时，我们听到有人在喊叫："贝尔纳，贝尔纳！我的老天爷，你到底在哪里啊？"

农夫转过头去。其他人也都停住了。

"贝尔纳，事情办成了！我拿到你的信了！"

本堂神甫出现在队伍后面草地的另一端。看到眼前这个阵势，他先是犹豫了一下，然后走了过来。

"你们又在搞什么？贝尔纳，你给我好好听着：我有你孩子们的消息了。在卢维埃，事情不容乐观……"

卢维埃！上帝啊！此人也许救了我们一命，但这代价何其惨重！我大声喊道："卢维埃怎么样了？我家在那儿！"

我骑马向本堂神甫方向去。忽然，队伍一下子散开了。

"你听到了吗？她来自卢维埃！"

"快说啊！"农夫向已经走到我们面前的本堂神甫问道。

"是这样的。英国人打赢了，他们占领了城市。这是星期三发生的事。他们把炮手和抗击领袖都吊死了。"

农夫把手放在额头上。我暗自想，是时候跟他说话了。

"您有家人在卢维埃吗？"

"是的，我的孩子们。"

"我的父母在那儿，他们叫托马斯和玛丽·勒图尔纳，经营着一家叫'金绵羊'的店铺。"

他看我的目光变得不一样了。我得知他的孩子们在他母亲家，由于英国人的进攻被困在那里。我们周围所有的人都在聊天。我又问了其他的问题，关于卢维埃的一切，他的孩子们，他的母亲……我用余光看到弗朗索瓦兹正在和本堂神甫交谈。吉贝尔牵着骡子慢慢地走向雷诺。我把手压在马丁的缰绳上，以免他鲁莽行事。我的腿软得像羽毛一样，但不管怎么样，我们四个人依然活着，而我的父母也很有可能没有遇难。因为他们既不是炮手，另外我也想象不出母亲跳上城墙摇旗呐喊的样子！我可怜的妈妈，她一定吓得不轻，躲在自己的房间里……

又经过好长好长的一段时间，本堂神甫对我说："信使就在我家。你要带个口信吗？"

我的心一下子就狂跳起来。

"什么？卢维埃的信使？"

本堂神甫点点头。

"他能进城吗？"

"你就别为他操心了！"农夫哈哈大笑道，"他狡猾着呢！就跟我们一样！"

他们都笑了起来。

于是，我请他让信使等我写一封信。本堂神甫带我们去了他家。在我把一切都讲述给父母的同时（当然，有可能吓到他们的部分都被省略了），好心的神甫记录着农夫口述给他孩子的一大篇甜言蜜语。这么看来，刚才差点将我们活剥的贝尔纳其实是一位满腹柔情的父亲！我曾经最讨厌一手握酒杯，一手提着刀的巴黎人。但原来这里的人也好不到哪里去，假如我不是有幸生在了卢维埃，此时我们早已遇难了。

信使刚才走了。他会如何处置我的信？只有上帝才知道。除了期待，我已无能为力。

傍晚

我睡了几个小时。醒来的时候，才知道今晚我们要在这里过夜。雷诺把我们的坐骑拴回了马厩，弗朗索瓦兹在教堂祈祷。而我，才不要跨出大门一步呢。

只要我们藏身在这块位于教堂、公墓和本堂神甫家中间的神圣区域，一切就没有问题。可是那些暂时被驯服的村民很有可能会随时变卦。谁知道明天这些坏蛋会不会后悔没抢走我们漂亮的马和弗朗索瓦兹藏在她行李中鼓鼓的钱包呢？

晚饭后

事情解决了。多亏了弗朗索瓦兹，她先请求告解，然后和本堂神甫谈了很久。所以明天我们会有两位向导：两位去往圣马丁德图尔的加拉尔东的修道士。他们熟悉本地，不会在十字路口迷路，并且会指导我们如何选择住宿。我总算有些放心了。晚饭时我先是啃了一条大鸡腿，又喝了一碗鲜美的香叶芹菊苣肉汤，与此同时，本堂神甫告诉我们：贝尔纳和他的打手们并不是当地人。他们为阿马尼亚克人而战。在周围的村落里还有许多类似的强盗，他们一起在巴黎的南面组成一道防御带，目的是想阻止英国人南下到卢瓦河。

当我提醒他说，我们看起来可不像是一队蓄势待发的英国士兵时，他叹了口气说道："我可怜的孩子啊，你太天真了！这些怪人都是些好斗分子，他们太容易把反抗和打劫混淆了！"

为我送信的信使也是同他们一伙的。他通过向英国人卖马赚得荷包鼓鼓，英国人还允许他在田野间自由来去。他便有了足够的时间给他们设下些圈套，并顺道打劫一些无辜的商人。这就是战争，他们在饭桌上说。但是我无法接受这种现实！

然而本堂神甫跟我保证说，这些人却是遵守诺言的，所以我的信一定会被带到！既然他这样说，我就姑且相信。另外我还希望我们会毫发无伤地到达弗朗索瓦兹家。可是好像还很遥远！好圣人克里斯托夫，请保佑我们吧！

6月28日

好了，我们终于离开了这倒霉的村子，除了昨天早上受的那场惊吓之外，没发生其他事故。本堂神甫坚持亲自送我们到约定的丁字路口，等待其他两位修道士的到来。我们面前铺着小碎石的路很是坚实，旁边走过的人们友好地跟我们打着招呼，还有个小姑娘卖了上好的山羊奶给我们。天空飘着乌云，也许会下雨，不过没关系！据我所知，雨水还从没要过谁的命！

博纳瓦，6月29日

我从没想到这世上还有这么好笑的修道士，尤其是比较年轻的、骑着一匹调皮骡子的埃蒂安师父。

能来到外面他很高兴，一副得意的样子，他那头牲口再怎么闹腾他也不生气。中午休息的时候，他提出要和雷诺比赛。马丁圈定了比赛场地，雷诺借了吉贝尔的骡子。

弗朗索瓦兹和我坐在干草堆上，摆出优雅贵妇观赏比赛的样子。在比赛过程中，埃蒂安师父的骡子受够了挨踢的待遇，直接睡倒在了地上。为了让它起来，它的骑士使尽了滑稽搞笑的伎俩。弗朗索瓦兹笑得眼泪都出来了。这真是一出货真价实的马戏表演！他最终还是将骡子弄了起来，最为精彩的是，他居然在它两面脸颊上各亲了一下！就这样，雷诺胜出，很自然地，他要求胜利者得到亲我一下的奖励。我有些不好意思，像平常一样面红耳赤，但还是假装大气地做了配合！哎哟！

在此期间，较为年长的哈乌尔师父最为操心的就是吃的，他把我们的食物摆在草地上：面包，红肠，新鲜的奶酪，一小羊皮袋红酒，以及一把我今天早上采摘的草莓。

今天晚上我们住在博纳瓦一家他们熟悉的小旅店，我们被招待得很好。我和弗朗索瓦兹一起睡。一切安好。

6月30日

哈乌尔师父认为昨天走得不够多，于是今天他逼我们跑了至少十古里，大家累得筋疲力尽。他仅仅允许我们在城堡镇休息了一小会儿，仅此而已！我只大约窥见属于奥尔良家族的城堡那巍峨的轮廓。我们现在在阿马尼亚克的地盘上。英国人被我们远远甩在后面，我们朝着卢瓦河进发！

7月1日

到达旺多姆时，雷诺、马丁和我宣布再也走不动了。时间已晚，我们已经做好准备，宁可睡在路中央也不要多走一步。埃蒂安师父支持我们的意见，并且像往常一样开了两三个玩笑。

哈乌尔师父人非常好，他同意在这里过夜，于是带着我们去了修道院内的三神客栈。

此时我却浑然不知，而是正向着一个惊人的发现靠近！修道院客栈的后面有一片漂亮花园，里面鲜花盛开，还有一个小小的内院作为装点，我很想在里面坐坐。就在靠近的时候，我惊叫了一声：一条蔷薇藤正在向上蔓延，上面满是娇艳欲滴的玫瑰。这些玫瑰正是日落时晚霞的颜色。这是玛丽的玫瑰！与巴黎圣保罗饭店的玫瑰一模一样！我被深深震撼了，感慨万千。

弗朗索瓦兹看着我，脸上的笑容很勉强。男孩们一副难以置信的神情。他们尽情嘲笑好了！只有我知道这些是一模一样的。我所到之处，都不忘仔细观察花朵，我从没见过别处的玫瑰拥有这种颜色。

我跑去了解情况。他们让我去找负责花园的昂塞尔姆老师傅。此时正是祭礼的时间。在我等他的时候，弗朗索瓦兹和男孩们去城里闲逛了。

终于，修道士们从教堂里走出来了，我可以跟他说上话了。

"哦，太阳玫瑰花！"他高声说道，"我给它们起了这样一个名字。我记得它们来自于意大利。"

他绝不可能知道他的这句话让我多么的高兴，因为这和玛丽曾经告诉我的一模一样。所以她并没有编造一切，她还是对我吐露了真话，我感觉好幸福啊！

"您知道是谁将它们带来的吗？"

"一个从那儿来的男人……但这是好久以前的事了……也许是我们的国王刚开始发病的时候……"

"谢谢，谢谢。"我跟他说。

我求他千万别让这些花死掉。

"别担心，我的孩子，我会照顾好我的玫瑰的！我还嫁接了一些小的，以一文钱的低价卖给了我们的修道院。"

走的时候，我身上少了几枚钱币，我把我的太阳玫瑰花种在一个小罐子里。

再与勒泰利埃一家相见的时候，我把一切都告诉了他们，教堂里的紫罗兰花束，失而复得的小狗，以及我们清晨的漫步……所有的一切，目的是得到他们的理解。终于，弗朗索瓦兹对玛丽的玫瑰表示了欢迎。

我现在多了一株玫瑰需要照料。是时候该回家了！

7月3日

"我们到了！"从今天早上开始，马丁就急不可耐地跺着脚，然后策马冲在前面。

卢瓦河！终于到了！它就在眼前。从山顶看过去，它显得无比壮阔。金色的河流上，分布着淡绿色斑点一般的一座座小岛。

"看那边：那是圣雅克小岛和它的朝圣者小教堂，"雷诺解释道，"更近我们的那个岛是我的最爱，因为它有着白色的沙滩……"

然后他指向河对岸，告诉我右边是新城堡镇，只见圣马丁修道院的几座塔楼高高耸立：图尔城在左边，被雄伟的城堡压在下面。整座城被巨大的城墙所包围。

在我们身旁，弗朗索瓦兹静静地注视着这条她无法不热爱的河流，尽管它夺去了她的丈夫。而我，则在用心观察这奔腾的河流，这美丽的山谷，以及这些整整齐齐排列的浅色石房子。我从包裹中拿出几张为这次远行而准备的纸，坐在草地上，背靠着一根木桩写了起来。

"你知道吗？离开了差不多一年了！"马丁不停地重复着这一句，手里玩着我的墨水瓶，眼看就要把它打翻了。

我们的两位朋友埃蒂安和哈乌尔师父也停下了脚步，同我们一起欣赏这美景。再过一会儿，我们就要在河岸低处分手了。不远处有一座大桥，我们能清楚地看到它的每个桥拱，尤其最明显的是中间那个供船只通行的拱形桥洞。当他们穿过这座桥时，我们就要朝着迈勒方向沿河而下了。

"就短短的三古里而已，不会再远了！"弗朗索瓦兹承诺道，"今天晚上我们会在表姐马蒂尔德家过夜，她替拉科吉尔一家看房子，离我们家非常近。她常常留位置给客人。"

趁我们休息的时候，哈乌尔师父抓紧准备吃的。现在谁也不会觉得奇怪啦！

"借此机会,"他宣布道,"我要向你们奉献一道绝无仅有的美味。"

接着,他从巨大的口袋中掏出一罐烟熏鳗鱼,在他看来,这就是独一无二的美食。

我嘲笑他的馋嘴,他不屑我的写作。几天以来,我们一直就一切话题开玩笑似的吵嘴。当我告诉他我曾有机会亲眼见到国王,他回应道他曾在王太子殿下去年六月到访圣马丁修道院的时候与之交谈。

"也正是当天,他被任命为法兰西王国陆军中尉。那情景我至今记得很清楚,所有的人都在欢呼喝彩。可怜的孩子,那么瘦弱,那么犹豫不决!"

王太子殿下的命运点燃了哈乌尔师父的热情,当然他并没有因此而忘记大嚼大咽。他满含食物的嘴巴重复地说着"那可怜的孩子"并不比我年长。他一会儿躲在布尔日,一会儿又逃到希农,一心只想找一个地方过上平静的生活,可是亲王、公爵和上尉们却只知道在他身边争权夺利。

我任他继续长篇大论,趁机端详着这个即将在几个月或者更长时间之内作为我家乡的地方。

但如果我想品尝一下烟熏鳗鱼的话，最好尽快收拾好我的纸页，否则馋嘴师父就要全部吃完了！

晚上，在拉科吉尔的住处

羽毛床垫，散发着薰衣草香味的床单。自从离开卢维埃之后，我就再也没有体会过如此舒适的环境。马蒂尔德表姐将我们紧紧拥入怀中，她没料到我们会来，很遗憾没有更多的东西可以拿来招待我们，也为没有打开弗朗索瓦兹的家门而伤怀。她不停地说啊说啊！她很胖，不及艾米琳娜夫人那般强壮，也不如她优雅。

马丁刚才悄悄溜到我旁边，在我耳边含含混混地说了些什么。原来他是想问我是否愿意教他写字。我这才明白为什么最初他一看到我的纸和笔就开始围着我转悠！

我被他的决心所打动，说：“好啊，当然可以。”但其实我还真不太清楚该怎么教。

“那你呢，是谁教的你？”

"是德·贝舍尔小姐，她出身贵族，接受过良好的教育，有偿地教授卢维埃的年轻女孩子。"

马丁说在迈勒没有人教小孩子，这话我不信。他不愿意听本堂神甫的课，因为此人似乎很坏，所以坚持要我教他。我说了好多遍我同意。他才踮起脚尖心满意足地离开了，并要我保证替他保守秘密。

现在我要努力理清思绪……啊，对了！马蒂尔德表姐并不是只知道说话。她还会刺绣，用金线绣出装饰品和腰带！她还向我们展示了一幅她最近的作品，其精致优美让我深深为之着迷。她得为每件作品贡献多少时间、耐心和才华啊？这看起来比学习读写要复杂太多了！

7月4日

我们到了。漂亮的白色房子，屋顶的尖塔骄傲地直指卢瓦河的天空。几年前，弗朗索瓦兹的丈夫建造了房屋，并将全部外墙砌上了从安茹水运过来的石板，可以在不同的光线下变成灰色或绿色。在我们面前，位于低处的河流向着大海奔涌而去，从这里就能听到那巨大浪潮所发出的低沉轰鸣。不久以后，当水面随着气温的升高而渐渐降低时，我们就可以踩着沙洲涉水而过。雷诺说，河对岸有许多果园，夏末时无花果就成熟了。无花果！我从来没尝过。"想象中天堂的滋味"，熟知本地各种美味的哈乌尔师父曾这样盛赞道。

比我们的房屋高很多的地方，迈勒老爷们雄伟的城堡占据了整个山头。河谷的低处是我们所属的圣热纳维埃夫教会堂区所在地。好了，以上就是我所有的描述。我还嗅了花园里温湿的空气，一边抚摸墙壁一边参观了所有的房间。大大的起居室在二楼，旁边是弗朗索瓦兹的卧室。接下来，塔楼的楼梯通向其他的卧室。我的卧室虽然很小，但它是属于我一个人的！里面还开了一扇朝向卢瓦河的天窗。我是多么幸运啊！

为了驱除屋里的湿气，弗朗索瓦兹让我们把屋里所有的烟囱都点上火。看到打开的窗户和晒在草地上的床单，所有的邻居都停下了脚步：公证人，藤柳编织工一家，装订工的儿子兼马丁的朋友尼古拉，还有女面包师傅，今天早上她欢天喜地地送了一块烤面包给我们。所有的人都激动地和我们拥抱。看起来弗朗索瓦兹很受人们尊敬，她的丈夫也曾如此。

7月5日

玛丽的玫瑰在花园里扎了根。我把它们栽在井旁边，以便日后枝条可以攀在格子栅栏上，前来打水的人也正好可以嗅到来自意大利的香味。雷诺帮我在合适的地方挖坑。

"往南边去一点，玫瑰喜欢阳光。"

他既专注且疏远，令我手足无措。我想他将要去图尔学习手艺了。也许这样会好一点。因为我不知道该如何与他相处。我想我是喜欢他的，可是在他身边我总感觉不太自在。

午后

第一节写字课在花园里进行。弗朗索瓦兹为了尊重马丁的隐私，装作什么都没发现。由于我没有书可以拿给我的学生，我只好用了旅程开头的几篇日记，也就是刚刚到艾米琳娜夫人家的那天晚上我写的东西。再次读到这些文字，我的眼睛湿润了。相信不久以后，马丁就能感觉到这些写在纸上的文字的力量以及它们在人们心中激发出的情感。目前他还在努力学写自己的名字。他带来了一块石板和一支粉笔，我们从"a"开始学。他学得很快，可是时常分心：一只嗡嗡作响的昆虫，空中飘浮的云彩，或是来轻轻咬他的斯冈佰特。

我把他俩解放了。即使课程太短也没办法了！他们已经向着涨潮的卢瓦河奔去。男孩在为他朋友尼古拉的兔子采摘蒲公英，而小狗沿着陡峭的河岸与水花相互追逐。过一会儿，等他们气喘吁吁浑身是泥的回来，我得提醒一下马丁，斯冈佰特还算是我的。

7月7日

在鸡棚里，我听到了艰难爬上河岸的马蒂尔德表姐上气不接下气的声音："一封信！一封寄给让娜的信！"

我松开谷粒盆，急忙从栅栏口跑出去。爸爸妈妈！肯定是他们！我曾在合上信封之前写了"弗朗索瓦兹·勒泰利尔家，迈勒，靠近图尔"。我一直在期盼回信，如今却不敢相信。可这是真的！确实是我父亲的字迹。我喜极而泣，同时又有点害怕。我坐在花园里井和蒿植高大枝干中间的石块上，久久地把信贴在胸口，终于，我读了信的开头：

我亲爱的孩子，

你能想象当我们收到你的信时有多高兴吗？

噢，谢谢您，善良的圣母马利亚！他说了"我们"，意思是他们俩都活得好好的。

我又停了一会儿才继续往下读。我父亲讲述了卢维埃被围困三个礼拜的恐怖过程；他讲到了堆积在街道上用来缓冲圆炮弹威力的水，储备物和铺开的草垫。他也提到了从此要向战胜者进贡的税赋。他

还说，英国人准备要攻陷鲁昂，他们破坏了乡村的谷仓和收成，以切断军需粮食供应。鲁昂城内有成千上万的难民在四处奔跑，祈求在尚未被包围之前得到援助。

"你母亲，"他写道，"自从得知巴黎的暴乱之后就很为你担心，无法入睡。"她还问我有没有变瘦。可怜又可爱的妈妈！我应该向她仔细描述一下艾米琳娜夫人的厨房！那样她就放心了。她求我赶快回去。"我们一同战斗"，她让爸爸这样写道。我为她感到难过，但我此时更想留在这里。开春时，她曾在我不愿意的情况下命令我离开，但现在她又要我回到那个正惨遭英国人侵略的诺曼底？

他们还告诉我他们不缺食物，只是货物流通变慢了。不过这应该会逐渐好转，因为英国军队首领德·贝德福德公爵坚持要扩大塞纳河上的运输量，以提高通行税中饱私囊。一些商人已经准备往伦敦发货了。由于卢维埃的布料口碑很好，我父亲也在计划此事。他没再提以前最为关心的阿马尼亚克人与勃艮第人之间的争斗。时代不同了，我们必须得活下去。每个人都这么说。

结尾的时候他们亲吻我，并给了我一大堆建议，尤其是妈妈，她似乎忘记了，下一个圣马丁节我就要15岁了！

我还要静静地再读一遍他们的信，并回信讲述我在这里的新生活。我希望他们明白对于我来说，时间同样改变了很多。

由于刚才兴奋过度，我都忘了感谢马蒂尔德表姐。我明天去看她。我想知道是谁把信交给了她。

深夜

晚饭后我们聊了很久。弗朗索瓦兹和深夜之前从图尔回来的雷诺，他们特别为我高兴。雷诺向我提了各种各样的问题，关于卢维埃、诺曼底、我的家庭……弗朗索瓦兹大声说："假如你妈妈今天看到你，她一定认不出自己的女儿了。"

我看着她，一脸惊诧。

"是真的，你长高了，脸修长了，变成一个美人了。"

她当着雷诺的面这样说，就好像他也察觉到了这些变化一样！我是多么想要在他的眼神中发现一丝赞同的光芒。可是我不敢看他的眼睛。让娜，你的努力还远远没有结束！此刻，我想要在贝尔蒂尔德的镜子中找到一个让自己放心的答案，可惜，唉！它太小了，根本看不到全脸。

雷诺那边也传来了好消息：曾在他父亲过世之前教他手艺的裁缝师傅同意再次收他为徒，而且随着王室的回归，华丽服装的需求量在不断增加。他会在每个星期天回来看我们。因此，我要在这里独自生活六天，然后与他共享第七天。我该如何填补他的空缺？希望这等待不要太过漫长。

7月8日

马蒂尔德表姐坐在打开的窗前。她微笑地看着我和斯冈佰特进来，分别给我们端了一碗牛奶。我走近她摆放作品的架子。

"你看，得要光线很好才行。线太细了，我的眼睛也不如从前了。"

在一条用来装饰男式紧身短上衣的厚实红色丝带上面，她将金片和银片细密地拼接起来。我看呆了。她依然在微笑。

"改天来试试吧，看你喜欢不喜欢。我的订单太多了，完全接不过来。顾客越来越多，对质量的要求都非常严格。"

我当下没做回答，思绪仍然停留在父母的信上。我得知这封信先是被装在一个来自夏尔特流动商贩的背篓里，又在圣西尔被交到一名前往布尔盖的红酒商人手上。

回家之前，我特意从山丘顶上绕了一大圈，一座老桥的桥墩竖立在此。这里是斯冈佰特最喜欢的狩猎场之一，它在追捕着田鼠。我坐下来等它的时候，忽然又想起了马蒂尔德表姐的提议。持金线和银线绣出彩色花饰，以此装饰漂亮贵妇们的裙子；像父亲那样抚摸着衣料，让它们变得更为精美……好的，我很想尝试一下。回去的时候我把这个想法说给弗朗索瓦兹听，她认为这主意很棒，当然前提是我得留出时间帮她做家务。

而她已经决定只留下她丈夫的两条船。其他的船全部卖掉，用来买地，重点是布尔戈伊的葡萄园。

7月9日

马丁在生我的气。我刚才冲他发火了。他把我们的课文——我刚到巴黎时写的两页纸弄皱了。我花整节课的时间把内容重新抄写了一遍。我强行命令他坐在我旁边，以便让他明白写下这么多字要花多长时间。今天斯冈佰特被没收！这是给我学生的惩罚。他只能自己去采蒲公英了，而我将带上小狗去散步。

7月11日，拂晓

雷诺刚从房间出去。我的手在颤抖。他久久地握住我的手，用指尖勾画着我手心的纹路。临走前，他把脸贴在我的脖子上。此时他已经策马奔向图尔了。我听到了马蹄踩在石子路面上的声音。我好希望他还在我身边，解开我的发髻，把手伸进我的头发里。星期天很快要到了，就在六天之后。

7月12日

玛丽的玫瑰长出了一个花苞，是我今天发现的。现在才露面，仿佛之前在与我捉迷藏呢！我抬起头，天空晴朗明媚，朵朵小云彩静静地铺点在上面。在图尔，雷诺头顶也是这同一片天。我想象着他在店铺里面裁剪布匹或者皮草，整好领圈，修齐袖口，在胸口下方加上腰带。他在工作中总能碰到漂亮的贵妇，有和王妃或公主们搭讪的机会……我好担心啊！哎呀，我在写些什么傻话！我最好赶快换好衣服去马蒂尔德表姐家。单单写字已经无法让我感到充实，我必须做点新鲜的事，创造些美丽的事物。

7月13日

我穿引着金线和银线。拉长，返回，打结，重新再来。慢慢地，就像是井边的玫瑰花蕾，支架布面上的图案也越变越大。我毫不懈怠。斯冈佰特等我等得不耐烦了，便跑去找马丁玩。他整天都在精装书装订工那里，把时间分配在兔子和工作上。

马蒂尔德表姐解释得很明晰，从不急躁。在穿针引线的时候，她很少说话。她说哪怕一点点小的失误都能毁掉整幅作品，图尔的服饰商会因此而拒绝收购。目前，她让我在一小块布上试手，并相当熟练地修补着我绣错的地方。

虽然工作进展很慢，却不失趣味。我们一直绣到中午12点，却丝毫没感觉到时间的流逝。

7月14日

我刺绣品上的图案在一点点地扩大。井边的玫瑰花苞也在长大。马丁学到 n 了。雷诺两天后回来。

7月15日

马丁用从朋友尼古拉那儿收集来的皮带做了弹弓，打了些斑鸠和云雀。于是，趁着傍晚河上吹来凉爽的风，我们用这些做了小肉馅饼。

马丁邀请我去参观装订车间，里面还有抄写员在工作。我渐渐发现迈勒村有很多受过教育的人。尼古拉父亲的客户中间有图尔的有产者，附近的修道院修士和乡绅，还有本地的公证人和往来的商人。弗朗索瓦兹本人的卧室中藏有四本书，她把其中属于她丈夫的一本借给了我，书名是《亚历山大传奇》，我想马丁一定会喜欢的。她每晚临睡前必读的书籍出自一位女作家之手。

"克里斯蒂娜·德·皮桑，一个寡妇，跟我一样。"她说。

可怜的弗朗索瓦兹，她是那样温柔而又强大，很少谈及她逝去的爱人，每天早上微笑着对我们说早安。以后，我希望成为和她一样的人。

7月16日

我给马蒂尔德表姐带了一块小肉馅饼，她让我留下帮她把刚刚拿到的一绞线理清。因为她正在准备为下一批刺绣品绘制装饰图案，我便向她推荐了玫瑰。我相信只要一开花，玛丽的玫瑰肯定是绝好的式样。马蒂尔德表姐未置可否，她要先看了再说。希望玫瑰开出美丽的花朵！

今天晚上我给马丁上了一课。他进步了。我们开始学习《亚历山大传奇》，这本书我们两人都很喜欢。

7月18日

昨天我没写。正是第七天。

当我推开窗时，雷诺在花园里。我以最快的速度跑了下去。直到楼梯口处我才意识到自己光着脚，穿着睡衣。真是太不体面了。我应该早点发现的！不过已经太晚了，他就在眼前……抱住了我。接下来的一切，我怎么能说得清？他的双手，他的吻已将我包围。我默许了，并微笑着吻了他。

不知过去了多久，弗朗索瓦兹的百叶窗响了一下。

"最后一个吻！"雷诺低声道。

然后他向井走去，把头伸进装满清水的水桶里。

我从高处看着，他就像出水的狗儿那样抖动着全身，周身洒满闪闪发亮的水珠，反射出金色的阳光。

我就这样看了他整整一天。

今晚他又要走了。我心口好痛，甜蜜的痛。还有六天，好长好长。

7月19日

我在等雷诺。我也在等玫瑰花开。我已经可以看到那随时准备冲破绿色外套的斑斓纹路了。

7月20日

勃艮第公爵阁下在王后伊莎贝拉的陪伴下进驻巴黎。中午我一回来，弗朗索瓦兹就向我宣布了这个消息。今天她收到了一封皮埃尔·勒·弗拉芒寄来的信。

我们可怜的疯国王总算在他妻子和外甥面前致了几句完整的欢迎辞。至于巴黎人，他们像对待凯旋的英雄一般欢迎着几周以来翘首以盼的公爵。而我却不由得担心他们再次掏出匕首和戟的那一刻。能在这里真好，远离他们刽子手般的疯狂！

皮埃尔·勒·弗拉芒带来的并不是好消息。巴黎人民陷入饥荒。物价高得吓人，一只鸡蛋售价10个钱币。人们屠宰驴和马，然后卖给肉店。虚弱的人们患上了一种疾病，迅速在城市里蔓延开来，儿童大量死亡。他还说勃艮第公爵的到来为饭店带来了一批新的顾客，为了养活她手下的人，艾米琳娜夫人绞尽脑汁。他还特意告诉我说贝尔蒂尔德去投奔她的爱人了。他称赞我们离开得很对，确信男孩们的前途根植于卢瓦河地区，因为未来的王亲贵族们会为此地吸引来大量财富。

"我的外甥们，只要你们愿意，只要上帝庇佑，美好的生活将向你们张开双臂。"他在信结尾处写道。

也许那晚我在圣母桥旁敲响商店大门时，上帝就在我身边。多亏了皮埃尔·勒·弗拉芒，我才能遇到艾米琳娜夫人，弗朗索瓦兹一家，雷诺……

亲爱的圣母，圣克里斯托夫和天上的诸神，我请求你们保佑所有我深爱着的人，是你们让我有幸认识了他们。

7月21日

就在一夕之间，玛丽的玫瑰开放了！今天早上它突然出现在我眼前，美得就像太阳的使者。玫红色与橙色交相辉映，鲜亮闪烁，光滑如缎。采下它的时候，我的心隐隐作痛。但我不得不这样做，因为我想让它有其他的生命。

马蒂尔德表姐专注地看着它，把花枝绕在手指上。

"你说得没错，这是玫瑰中的公主。"

在她准备画图的时候，我去找来了最亮丽的颜色，并加入了一条极细的金线。

我太想看到成品了，因此整天都留在那儿。

晚上，当第一朵花瓣成形时，马蒂尔德表姐断定这将会是一幅美丽的作品，并决定正式采纳。我兴高采烈地回来了。

流浪女玛丽，小可怜玛丽，你知道吗，不久以后，你的玫瑰将盛开在王子的华服和宫殿的帷幔上。当然他们不会知道这背后的故事，但是这些花，你应该能从上面看得到。我好开心。谁让我曾欠你一束紫罗兰，这就是我对你的回报。

7月22日

马丁向我走来，一脸惯有的密谋表情，他总是有一些异想天开的想法要宣布。

果不其然！他建议我去尼古拉父亲那儿，让他把我从离开卢维埃开始写下的所有纸张都装订起来。

"以免它们被遗失或者弄皱。"他坚持道，坏坏地笑着。

随他怎么说！我怎么可能想象自己写过的纸被装订成册，就像一本书一样？肯定会被装订车间里的人看到的。这点目前我不能接受。

"别担心，我来负责这件事。这将是我的第一份工作。尼古拉的父亲已经同意了。"

看着我犹豫的表情，他不禁大笑起来。

"你害怕什么呀？我早就知道了，你爱上雷诺了！"

我吓了一跳，他笑得更厉害了。

"妈妈也知道了。她还说，自从你来之后，雷诺比以前更幸福了。"

他居然说雷诺因我而幸福！我紧紧地将他拥抱！不过装订的事我还是下不了决心。

明天，我会给他答复。

7月23日，天蒙蒙亮

我深思熟虑的结果如下：

假如这是雷诺提出的建议，我不一定会答应。

既然是马丁提议，我一定会答应。就算他或者其他人看了我的日记，又何乐而不为！

我把所有的书页都整理好，编上号。它们近在咫尺，整整齐齐地摆在桌上。我在最后一页上写下最后的字。

下次再见时，它们就成了一本书。

想知道更多

历史学家的讲述

蒂埃里·阿普里勒

十四世纪的法国

十四世纪初的法兰西王国是中世纪人口最多、实力最强的国家。法国被划分为伯爵领地和公爵领地，分别包含更小的领地，而贵族和教士阶层就依靠这些土地的产出而生活。每位骑士都要以附庸的身份宣誓效忠于一位领主，而国王就是所有领主的最高领主。但是这个体制即将面临瓦解，因为财富的主要来源不再是土地，而是贸易。渐渐地，财富聚集于商人手中，他们除了要求得到自主管理的权力之外，还期望拥有一种稳定的货币和有保障的交通。

此外，十四世纪还有三场标志性的大灾难：饥荒、鼠疫和战争。它们使得整个欧洲社会，尤其是法国陷入了巨大的危机当中。从 1315 年到 1317 年，饥荒持续蔓延，并在之后的整个世纪中不时肆虐。1347 年，马赛出现大鼠疫。疾病疯狂扩散，欧洲人口因此减少了三分之一到将近一半。

艰难的继位

1328 年，法国国王"美男子"查理四世去世，身后未留下男性继承人。于是王权落到了他的一位表兄菲利普·德·瓦卢瓦手中，即菲利普六世。1337 年，英国国王拒绝再向法国国王俯首称臣，甚至还以"美男子"菲利普的孙子的身份要求成为法国国王。两位国王先是争夺诺曼底、佛兰德和阿基坦地区的控制权，最后演变为对整个法兰西王国的争夺之战，这便是日后人们所谓的"百年战争"的开端。这场中间经历过长时间停战的战争，事实上一直从 1339 年持续到 1453 年，超过了一百年。

一百年的战争

法国人和英国人相继遭受失利：在英国取得 1346

年克雷西之战和 1356 年普瓦捷之战的胜利后，法兰
西王国在查理五世（1364—1380 年在位）的统治下重
振军威。当查理六世（1380—1422 年在位）在 1392
年 8 月突发精神病之后，他的叔父和表兄弟们为了争
夺权力而开始公然对抗。后来，英国国王亨利五世
（1413—1422 年在位）穿越英吉利海峡，于 1415 年
在阿金库尔击溃了法兰西王室军队，并逐渐征服了诺
曼底。

　　在法兰西王国内部，激烈的内战在"阿马尼亚克
人"和"勃艮第人"之间展开。后者支持的是无畏的
约翰，即勃艮第公爵，他派人刺杀了国王查理六世的
兄弟路易·德·奥尔良。而阿马尼亚克人则是王室忠
诚的拥护者。首都巴黎的掌控权自然是无比重要。勃
艮第人得到了行会，尤其是屠夫行会的支持，其中的
西蒙·卡博希作为首领之一，从 1407 年到 1413 年间
掌控巴黎。之后阿马尼亚克人得势，并继续对饱受饥
荒和苛捐杂税侵蚀的巴黎施加恐怖政策。五年之后，
由于佩里内·勒克莱尔打开城门叛变，首都再一次到
了勃艮第人手里。屠夫们就是六月大屠杀的始作俑

者，阿马尼亚克人此间受难。

作为王位继承人，查理六世的儿子王太子殿下在布尔日避难，并于1418年12月宣布摄政。之后，三家势力争夺王权——英国人及其国王亨利五世，之后加上他年幼的儿子亨利六世；勃艮第公国与其首领无畏的约翰，还有他的儿子"好人"菲利普；阿马尼亚克派及查理王太子。这个查理就是日后的查理七世，他在1429年受到圣女贞德的鼓舞，慢慢将局势转变为对自己有利的状态。他在兰斯登上王位，于1435年夺回巴黎，又分别于1450年和1453年夺回诺曼底和圭亚那。战争终于就此结束：法国的土地不再属于英国国王（除了加莱之外）。

让娜·勒图尔纳和她的时代

在中世纪，很少有婴孩能过满周岁，于是人们对于存活下来的儿童赋予很高的期望值！他们十二岁就得替自己做主，给父母做帮手，大约十四岁就成年了。所以，让娜的故事并不是特例。但是她的家庭出身是卢维埃的商人阶层，其明显的特征是对教育的重视，对写作及阅读的兴趣。她甚至还享受到就当时来看无与伦比的奢侈品，即读到如《亚历山大传奇》之类的书。这本书是一本诗集，包含两万句十二音节诗（据此产生了"亚历山大体"）。

民族情感也在这个阶层中发展起来：让娜并不认为自己是阿马尼亚克人或是勃艮第人。她是法国人——这才是这个动荡的时代最重要的新事物。

她的日记也同样反映出宗教在日常生活中的重要性。所描绘的景观中不乏大教堂、小教堂、公墓、十字架……还时常会有一些宗教节日：标志着斋戒结束的复活节，意味着在四十天斋戒期内只能吃咸鲱鱼和不抹黄油的面包。让娜对于放贷者表现出鄙夷的态度，她畏惧最后的审判。像所有的孩子一样，她用拉丁语学了《我们的父亲》、信经以及《我向您致敬，玛丽》，并时常背诵。她一路上遇到了前往圣马丁德图尔的朝圣者，该地与圣米歇尔山、圣地亚哥·德·贡波斯代拉、罗马和耶路撒冷一样，都是重要的基督教朝圣地。

生于战争

在这个饥荒的年代，食物自然成了头等大事。最上等的贵族吃着与他们身份相配的食物，如鸟类和水果，而穷人们只有就着地里长出来的蔬菜（洋葱、辣椒、大蒜……）吃面包的份儿。宴席只属于富人，且在重要的日子才会有。

横行肆虐的战争让家庭四分五裂，并迫使每个人都学会生存之道。在惯常挤满商人、流动商贩、修道士和朝圣者的马路上又多出了大批逃离灾难或战争的难民。旅途中的人危机四伏：为数众多的陷阱和随时准备打劫行人的强盗。所以更为保险的选择是集体行动，并找到安全的地方过夜，比如小旅馆或当地人家，因为好客也是基督徒的义务之一。

巴黎，动乱的中心

让娜逃难到巴黎——王国的首都，国王的居住地。这个当时看来巨大无比的城市，1300 年时人口已有 20 万，但到了 1418 年，人口锐减到 8 万，达官贵人们在这里建造了一些非同寻常的旅店，过着奢华的生活。

航脏的小路上挤满了嘈杂的人群，让娜遇到了令人眼花缭乱的不同职业者：制呢商，修鞋匠，马具及皮件商，药剂师，高利贷商人，饭店老板，抄写员，剃头匠，服饰用品商，搬运工，缩绒工，装订工……还有乞丐。她看到了酒桶，盐，英吉利海峡的海鱼，以及停靠在格列夫港口的船只上卸下的木材和石块。

在金胡须饭店，让娜身处著名的屠夫行会势力中心。该行会的死对头是"水运商业公会"，他们牢牢控制着塞纳河上的航运。这两个行会都有实力煽动全巴黎人民，迫使政府满足他们的要求。

表面上，巴黎的城墙使其免于战火。但实际上，商人们乃至所有市民的生命线却是人们能够买进及售出的商品。一旦道路和河流被切断，巴黎人很快就要挨饿。当英国人占领鲁昂后，塞纳河道就向巴黎人关闭了；当英国人攻下蓬图瓦兹后，北面的道路也被切断。于是巴黎人支持着能保证贸易顺畅的那一方，一会儿倒向阿马尼亚克人，一会儿又倒向勃艮第人，并最终拥护 1436 年巴黎的新主人查理七世。

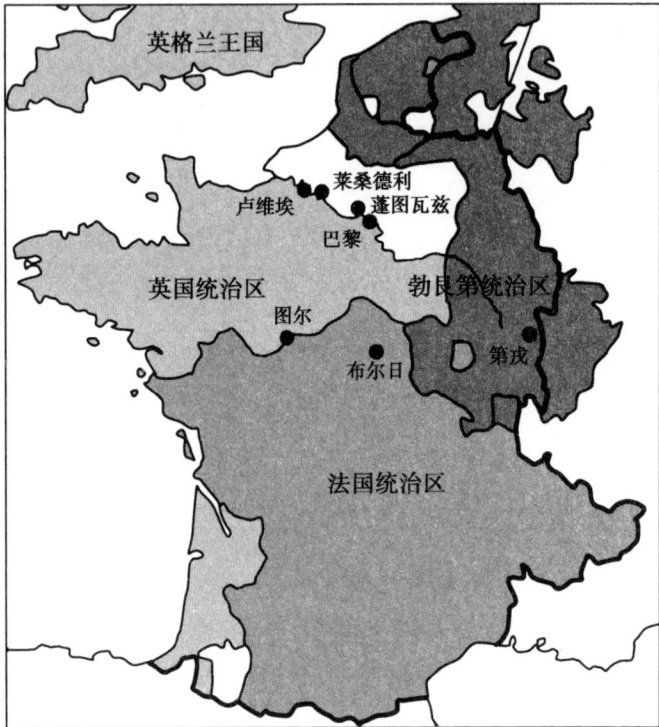

1428 年被分裂的法国

就在这本让娜日记写完后的第十年，英国人南下到卢瓦河地区。
1429 年，圣女贞德横空出世，才将局面扭转。

——法兰西王国国界线

大事年表

1339 年："百年战争"开端，法国人与英国人的王位之争。

1347 年至 1348 年：欧洲大鼠疫开始。

1392 年：查理六世精神病开始发作。

1396 年：为争夺王权，奥尔良公爵（阿马尼亚克派）和勃艮第公爵（勃艮第派）的矛盾爆发。

1407 年：国王的兄弟路易·德·奥尔良被勃艮第公爵无畏的约翰所杀。

1413 年：阿马尼亚克人将勃艮第人赶出巴黎。

1415 年：阿金库尔战役。法国的骑士遭到英国国王亨利五世手下士兵的屠杀。

1418 年：巴黎人向勃艮第人打开大门，后者屠杀阿马尼亚克人。王太子（即查理六世之子）离开巴黎，并宣布摄政。

1419 年：亨利五世成为诺曼底的主人。无畏的约翰（即勃艮第公爵）在蒙特罗被阿马尼亚克人所杀。

1420 年：无畏的约翰的儿子——勃艮第公爵的继

任者"好人"菲利普与年轻的英国国王亨利五世签订了《特鲁瓦条约》。亨利五世成为法国继承人。

1429 年：圣女贞德在希农与王太子查理碰面。后者在兰斯以查理七世之号得到加冕。

1436 年：查理七世从英国人与勃艮第人手中夺回巴黎。

1453 年：查理七世结束了对领土的征伐。英国人从此被赶出法国。